KB069749

DENMA

THE
QUANX
11

양영순

A.E.

......

......

백전사들과 함께…

......

면목
없습니다.

혼자
살아남아서…

아니, 그런 소리
말게. 그건… 카인의
선택이었으니…

산 사람은 살아야지.
하즈는?

모르겠습니다.
모압행 이후로는…

그럼 자네에게
마지막 부탁이
있네.

하즈의 생사를
확인해주게나.

마지막 부탁이란 건…
무슨 뜻인가요?

내 계정을
고스란히 빼앗겼어.
전 재산을 가로채기
당한 거야.

고산가의
응징이겠지.

6

이젠 더 이상 자네들을 고용할 여유가 내겐 없구먼.

그럼…

앞으로 어쩌시려고…?

지금으로선…

목숨을 보존하는 것만으로도 다행이라 여겨야겠지.

……

하즈가 살아 있다면

어떻게든 살 방법을 모색할 테고

그 친구 역시 당했다면…

남아 있는 그의 재산으로 근근히 여생을…

부탁하네. 하즈의 생사를.

알겠습니다. 당장…

슈슈

고맙네.

근데…

여기 엄청 비싸지 않아? 나 여기 있으면…

여긴 아버지한테 물려받은 곳이야.

네가 불편하지 않다면 원할 때까지 이곳에서 지내도록 해.

물려받았다고? 우와아아… 엄청 부자!

앞으로 오빠라고 불러도 돼?

오빠…?

뭐…

그래, 네가 원하는 대로 불러.

정말?

와아, 부자 오빠 너무 좋아!

아니야. 역시 아저씨라 불리는 게 낫겠어.

……

젠장, 엘가의 몰락이로군.

이제 난 어쩌지…

어쩌긴 뭘. 난 잘못한 게 없어. 그저 고용된 직원일 뿐.

내가 고산가의 타깃이 될 이유 같은 건 전혀 없다고.

엘가의 매니저 경력으로 다른 귀족들을 찾는 게…

ZZZ…

!

이건 뭐야? 마노아의 밥상이란 곳에서 엘가로 전체 메일이…?

A.E.

터
엉

퍽

……

즈
즈

엘가 놈들의
반격인가?

아닙니다.

고산가, 태궁,
실버퀵 제7지구…

이거…
엘가와는 전혀 다른
이야긴데요.

덴마 프로젝트?

뭐?

초
즈
즈

이거야 원…

폭발 때문에
기억을 읽을 만한
잔재가 남아
있질 않아.

팅

롯 님!

어디서?

여기
이 자리요.

지난번 방문 때
엘가분이라는 걸
알게 됐는데…

무서워서 망설이다
엘가 쪽에 메시지를
남겼어요.

패트롤에게
알렸다간 오히려 일이
복잡해질 것 같아…

아, 시끄러!
알았으니까
설명하지 마!

뭐야, 저 녀석…

……

ZZZ…

ZZ…

……

!

츠즈즈

맙소사…

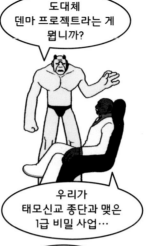

도대체 덴마 프로젝트라는 게 뭡니까?

우리가 태모신교 종단과 맺은 1급 비밀 사업…

종단이 일괄 진행하고 있지.

어떻게 이 위험한 기밀을 외우주인들이 알고 있는 거야?

종단 측에 이 사태를 알려야…

음… 아니!

당장은 종단도 그쪽 상황에 대처하느라

한동안 소란스러울 거야. 무엇보다…

이것들이 어디까지 숨기고 이야기할지

알 수가 없는 노릇이라…

하여 종단이 먼저 손을 쓰기 전에 백경대 멤버로 추격대를 구성해

이 하데스 장군이란 놈을 잡도록 하지.

12

A.E.

백작님은…?

뵙기 전에 저랑 잠시 얘기해요. 오늘 이후 어떻게 하실 겁니까?

그건 당신이 신경 쓸 일이 아니…

응? 어쩌시려고…?

어쩌긴!

치고 빠지면서… 혼자서라도 놈들에게 복수할 거야.

그런 형태의 복수가 가능할 리 없잖아요.

……

그랬다간 우리에겐 패트롤까지 달라붙을걸요.

아, 언제부터 우리가 우리야? 사람 괴롭히지 말고 당장 꺼져!

고산가를 치려면 거기에 맞설 배경이 필요해요.

배경이라니?

우리의 안전을 보장해줄 만한 조직.

뭔 소린지 알겠어. 근데 고산가 타깃인 날 어떤 귀족이 받아줘?

당연히 엘 백작님이죠!

뭐어?

14

아까 그 아저씨 얘기 못 들었어?

이제 처박혀서 여친이랑 조용히 여생을 보낸다잖아.

힘이라는 건 가진 만큼 나오는 거라고.

날 고용할 여유도 없다는데 조직은 무슨…

공식적으로 백작님이 더 이상 엘은 아니에요.

하지만 고산가에 맞서 싸울 의지만 생긴다면

고산과 엘이라는 브랜드 밑에서 기생하는 귀족들의

암묵적인 지지를 얻을 수 있게 돼요. 그렇게 되면…

아, 글쎄 그렇게 만들려면 결국 돈인데 그걸 누가 주냐고?

그만한 돈을 가진 사람요.

행성 하나를 살 수 있을 만한

주인의 돈을 가진…

……

우… 웃기지 마.

꿈도 꾸지 말라고.

내 거라니까.

그건 내 거야.

그건 전부…

……

15

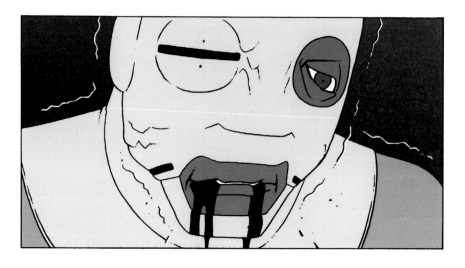

나를…

나를 살려두는
이유가…

내 아들
카인의 죽음에

유감의 뜻으로
전쟁을 멈추겠다는
의미가 아니라…

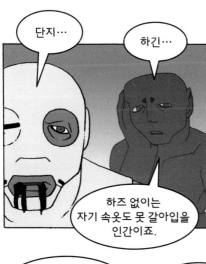

단지…

하긴…

하즈 없이는
자기 속옷도 못 갈아입을
인간이죠.

그래, 유약하고
우유부단한 한량 놈.

제 힘으로
할 수 있는 거라곤
어린 여자에게 줄 생일 선물
고르는 게 전부지.

테러의 대가가
무엇인지 놈에게 알릴
필요도 없어.

엘가의
주인은 방금 목이
날아갔으니까.

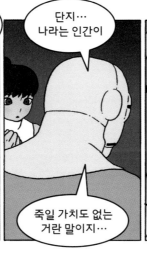

단지…
나라는 인간이

죽일 가치도 없는
거란 말이지…

그게…
잘도 내 집까지
기어들어 와서는

나를 관찰한
결론이란 말이지…

17

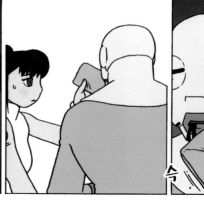

가이린…

네…

미안하구나.
곁에서 널 지켜주고
싶었는데…

더 이상 네게
안전을 보장해줄 수가
없단다.

널 위해
날 떠나는 게
좋겠어.

배… 백작님…

부디 그렇게 해주렴.
서로를 위해.

롯, 다시
염치없는 부탁을
하게 되는군.

떠나는 길에
우리 가이린을 그녀의
안전한 사업장으로
데려다주게나.

그동안 정말
고마웠네.

앞으로…
어쩌시게요?

고산이…

놈이 날 살려둔 걸
후회하게 만들 거야.

그럼 모두
롯을 따라가줘.

슈슈슈

백작님!

백작…

척

스윽

……

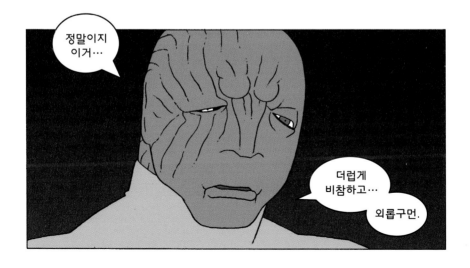

정말이지
이거…

더럽게
비참하고…

외롭구먼.

A.E.

......

슈슉

어딜 다녀와요?

당신 말 덕분에 모압에 있던 내 금고 잘 숨겨두고 왔어.

부탁이 있어요. 백작님께 보여드린 현장 기억…

제게도 빠짐없이 보여주실 수 있나요?

츠즈즈

......

츠즈즈

허엇! 이 사람이 고산…?

......

츠즈즈

......

......

츠즈즈

아…

여기까집니다. 그럼 제 임무는 이제 그만…

잠시만요!

왜?

우리 이제 어쩌려고요?

또 우리… 이봐, 잘 들어!

앞을 보는 당신들을 왜 귀족들이 옆에 두길 꺼리는 줄 알아?

전심으로 잘해줘도 정작 결정적인 순간에 너희는

자기들 생존이 최우선, 공생 개념이 없다고.

그렇다고 딱히 예견된 죽음을 막을 수 있는 것도 아니고.

그러니 너희를 옆에 두겠어?

본인의 생존이 최우선이 아닌 존재가 이 우주에 있나요?

이봐, 그것도 정도껏이지.

바로 옆 사람의 죽음까지 나 몰라라 하잖아.

그걸 막으면 인과율로 인해 더 많은 사람들이 죽게 돼요.

아, 몰라. 하여간 난 당신들이랑 엮이기 싫으니까

가슴 아픈 사람 그만 괴롭히고 갈 길 가셔.

이대로 가면 저주를 퍼부을래.

닥쳐, 이 지지배야! 그딴 거 받을 만큼 받았어!

어디서… 내가 여자라고 봐줄 것 같아?

설마 여자를 때리진 않겠죠?

야, 안경잡이! 너 안경 벗고 당장 이리 뛰어와.

예? 왜요?

아, 어서!

짝

아, 뭡니까? 다짜고짜…

뭐야, 도수도 없는 안경이잖아. 이게 이유야.

뭐냐고? 나한테 원하는 게 뭔데?

총알받이가 필요하면 다른 데서 알아보란 말이야.

총알받이가 아니라 우주 최강의 방패를 원해요.

……

그런 소리… 작작해.

난… 제 여자도 지키지 못한 놈이야.

방패란 롯 님 한 사람만을 뜻하는 게 아니에요.

그럼…?

꿈에서 본 방패는…

8우주 새 질서의 한 축을 지탱하는 무서운 네 개의 힘!

롯 님 그리고 새로운 세 명의 퀑…

세 명? 나 말고도? 그게 누군데?

꿈에 구체적인 인상이 나오는 건 아니에요.

비유와 상징들을 재해석하는 거죠.

처음 보는 이미지들이라 롯 님 외에는…

확실한 건 그 네 사람이 가면 벗은 주군을 지킨다는 것.

아, 됐고! 그래서? 그럼 나한테 뭐가 이득인데?

지금 가진 것보다 훨씬 더 많은 돈요.

지금 가진 걸로도 충분하거든? 행성 하나는…

살 수 있다지만 개인이 검은돈 세탁하는 비용을 감안하면

실지로는 지금 가진 것의 만 분의 일도 안 될 거예요.

하지만 블랙마켓이 수용할 만한 이슈를 가진 리더가 함께한다면

지금의 가치보다 수만 배는 더 벌 수 있어요.

……

뭐… 그 정도는 나도 알고 있어.

의연한 척 하지만 방금 눈동자가 흔들렸어.

게다가 백작님 곁에 있게 되면 귀족 가문의 미녀들이…

아, 뭐 난 그런 거 전혀 관심 없다.

사실 나 역시 그 양반과 함께할까 내심 그런 생각이었지.

돈과 여자 얘기를 진작할걸.

백작님께 모두 넘기고 지분의 20%를 달라고 하세요.

절 만난 걸 신께 감사드리게 될 겁니다.

만일에 네 말이 거짓이거나 틀린 거라면? 응? 어쩔 건데?

그땐 절 가지셔도 좋아요.

자신감 쩌네! 제기랄! 하나 마나 한 얘기, 당장 꺼져!

몹시 자존심 상해!

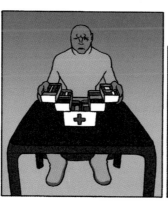

이 약… 입안 상처에 굉장하다고 했지?

앞으로는 화가 난다고 입안을 씹는 멍청한 짓은 하지 말자. 아파…

훠

!

크아압…!

타

슉

……

A.E.

잘 왔어.
다시 보니 반갑군.
당분간 가이린에게 신세를
지게 돼서

여러분들에게
나눠줄 게 생겼어. 그냥 보내기
좀 미안했거든.

여기
작은 사업장들
자네들에게 열 개씩
줄게.

예?

이것들은 모두
하즈가 남기고 간
것들이야.

하즈의 계정과
생체 코드를 함께
건넸으니

자네들을 대신해
일해줄 바지 사장만
구하면 돼.

부유하진
않겠지만 앞으로
생계 걱정은
없을 거야.

아, 가…
감사합니다.
백작님.

이게 살아남은
우리 엘가 식구들에게
내가 할 수 있는
전부로군.

모두들
잘 지내고…
도움이 필요할 때
연락할 테니 전화는
받아줘.

듭시다.
이걸로 허기라도
채우자고.

……

고산가에 어떻게
대응하실지…

응? 아, 아직은 분을
삭히는 중이라네.

29

A.E.

5년 뒤

오, 이런…

내가 지금 유령을 만나고 있는 건가?

네, 어떤 의미에선 분명히 그러합니다.

고산 공작님의 자비 덕분에

어째 날 원망하는 뉘앙스로 들리는데…

그래, 그간 어떻게 지냈습니까?

근근이 생계를 유지해가고 있습니다.

그건 먼저 날 도발한 당신 아들 카인의 잘못이야.

그래, 무슨 용무로 이렇게 직접 면담을 요청한 겁니까?

부끄럽게도 부탁드릴 일이 있어서…

매장? 몇 개나?

오해 마십시오. 명백한 저희 잘못임을 분명히 인지하고 있습니다.

우라노에 매장을 좀 가졌으면 하는데요.

두어 개만이라도 허락해주셨으면 합니다.

당장은 현금이 없는 터라 염치 불구하고…

장사해나가면서 갚을 테니 이자율을 말씀해주시면…

이봐, 이봐. 백작님…

아니. 그래, 지금은 뭐라고 불린다고?

누브레라고 불립니다.

그래, 누브레 씨. 이자 같은 건 필요 없어.

매장 두 개를 그냥 줄 테니까

그걸로 좀 여유를 갖도록 해요.

가… 감사합니다, 공작님!

역시 자비로우십니다.

여기 답례로 드릴 만한 걸…

아, 아니야. 됐으니까 그런 거 신경 쓰지 마.

다른 사람도 아니고 8우주 최고 브랜드의 원조한테 그 정도…

공작님, 이거… 다브네스 왕가의 진품입니다.

뭐?

그럼… 부르는 게 값인 물건이잖아.

매장 두 개 가지고 되겠어? 어디서 구한 거요?

33

우연히 얻은 것인데 값이 나가는 물건이라 들었습니다.

어떻게 보이십니까?

온통 반짝이는군.

이거 실생활에선 쓸 수 없겠어.

그래, 귀한 선물 고맙구먼. 서로 마음속 응어리는 풀고 앞으로 잘 지냅시다.

매장에 문제 생기면 언제든 도움 요청해요.

이 은혜 잊지 않겠습니다. 감사합니다, 공작님.

반가웠어요. 살펴들 가세요.

탁

……

맙소사… 정말 저자가 한때 나 고산에 맞서려던 우라노의 소패왕, 엘이란 말이야?

정말 한심하기 짝이 없군. 5년 만에 내 앞에 나타나서 기껏 한다는 게 구걸이라니…

A.E.

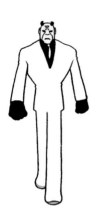

어디야?

선배, 여기!

정말 혼자 왔네.

그럼 혼자 오지. 내가 뭐가 무서워서.

슉슉

혹시나 하고 연락했던 건데…

긴밀히 할 얘기란 게 뭐야?

네 거취에 관한 거라면 이미 완전히 끝난 얘기야.

백경대는 널 다시 받아들일 의사가 전혀 없어.

네가 고산가에 입힌 손해를 생각하면 퇴출로 끝낸 걸 감사해야 돼.

이게 다 공작님의 은혜인 줄 알아.

백경대 자리는 더 이상 관심 없어.

엘가의 붉은늑대도 마찬가지야.

제기랄… 어쩌다 붉은늑대 같은 것들이

백경대와 동급으로 대우받는 상황이 된 건지…

나한테 일자리 청탁은 무리라고.

네 만행을 반겨줄 귀족은 이 8우주엔 없어.

일자린 구했어.

그래? 어디?

아, 그걸 말할 순 없고…

오늘 선배한테 일자릴 부탁하러 온 게 아니라

일하러 왔어.

뭐? 그게 무슨 소리야?

!

선배한테 개인적인 감정 같은 건 없어.

끄아아아…

백경대 생활에서 그런 게 있을 리 없잖아.

내가 묶어놔서 순간이동은 안 될 거야. 출혈도 없지.

선배를 데려오라는 사람이 있어. 갑시다.

......

살아 있단 얘긴
얼핏 들었는데… 이렇게
대면하니 난감하군.

슈슈

무슨
원한이에요?

묻지 마. 쪽팔려.
절대 말 못 해.

뭐… 그럴 수 있죠.
이제 제 연봉에 불만
없죠?

인정!

이 비겁한 자식!
제 힘으로 안 되니까…

뭐래?

빡

너… 고산가에 보복
하려는 모양인데…

나 하나 치운다고
어찌 되진 않아. 오히려
백경대가 너희를…

고산? 이건
그놈과는 관계
없어.

여기서
바로 네 목을 그으면
끝인데…

그럼 5년간
묵혀온 내 분에는
한참을 못 미쳐.

그래서…

슉

39

A.E.

후우우… 무사히
빠져나왔네.

……

파티 시간에
늦지 않았지?

엑! 뭐야, 10분이나
지났잖아.

오늘 아슬린
생일이라 늦으면 안 되는
거였단 말이야.

칫! 이게 전부
그 거지 때문이야.

겨우 구걸이나
할 거면서 면담을
요청해?

아까 그것들…
나 대신 가서 실컷
패고 와!

안경 하나
건네려고 내 서프라이즈
파티를 망쳐?

왜 때리냐고
묻거든 복장이 무례했다
전해.

옛썰!

가시죠.

아, 이거
아슬린한테 또
혼나겠네.

아니.

하멜 오빠가 이미 먼저 축하해 줬는걸.

뭐?

나의 불알친구, 고산. 10분이나 늦었네.

요즘은 빵봉투도 없이 잘도 다니셔.

메이헨!

네, 하멜 공작님.

손님들에게 내 사랑을 공개해 볼까?

지각한 놈은 구석에 처박혀 있어.

오늘 같은 날 어디서 뭘 하고 있던 거야?

후우우… 아슬린의 스무 살 생일 축하…

저놈에게 선수를 뺏겼네.

빌어먹을 망령의 엘 놈, 하필이면 이런 날 찾아와선…

한 대 태우러 가지.

아, 예.

…‥

아슬린 아가씨는 갈수록 예뻐지시네요.

저런 미녀가 또 있을까 싶습니다.

그러게…

처음에 여기로 데려올 때만 해도 미운 오리 새끼였는데.

저런 백조가 될 줄은…

슈슈슈

롯은?

사적으로 관계 정리할 일 있다고…

사실 여부는 확인하셨나요?

응.

안경을 써보고는
온통 반짝인다는 거야.

편광 렌즈에 반응하는
중독 초기 증상이네요.

응, 분명히.

우리
신제품이 고산가로
흘러들어간 게
사실이었어.

생각 같아선
정제한 원액을

놈의 목에다 바로
박아주고 싶지만

뭐 어차피
몇 년 안에 본인
스스로 그렇게
할 테니

이건 속옷 적시는
가랑비랄까…

경우에 따라
발생하는 몸의 거부감을
없애는 방법으로

미량을 타르에 섞어
담배 형태로 경험하게
했던 거야.

고산에 대한 보복은
지금부터 시작이야.

나의 전쟁은
아주 조용하게
진행될 거야.

The Knight

뭐?
정말…?

지로 그 자식이
너희가 넘긴 리조트
회원권을 훔쳐 가는
바람에

정말이냐니?
이 꼴 안 보여?

손님한테
죽지 않을 만큼
맞았어.

너희가 앞으로
나와 계속 거래하고
싶다면 방법은
하나야.

이틀 준다.
놈을 찾아서 회원권을
되찾아 와.

……

만일에 내 말
무시했다가는

이번 일로 일어난
모든 손해를 너희가
떠안게 될 거야.

에이, 씨! 그건
경우가 아니지!

철
컥

그 회원권 내가
누구한테 팔았는지
알게 되면

총 내민 그 손들을
자르고 싶어질 거야.

너희 명단도
모두 그쪽으로 넘어간
상태.

이틀 준다.
나한테 넘긴 너희 물건
되찾아 와.

47

가루로 분해돼 땅바닥에 흩어지고 싶지 않으면

치이잇…!

역시 대머리 자식이 우릴 속였어.

그게 평범한 회원권이라면 이렇게까지…

지로 연결해봐.

젠장, 지로 자식! 약 때문에 머리가 어떻게 된 거 아냐?

손댈 장소인지 아닌지… 그 정도는 아는 놈이잖아!

미치겠네. 분명히 월요일에 한 건 한다고 얘기했는데…

여전히… 라인은 꺼져 있어.

틀림없어. 분명히 걔네 엄마가 어딘가로 빼돌린 거야.

가서 아줌마를 따끔하게 추궁하자.

ZZZ…

……

48

50

......

쿵 딜러 명단...

틱

고마워.

처리 곤란한 일 맡길 때 본부에서 비밀리에 접촉했던 사람들이야.

다시 한번 얘기하지만 조심하고 또 조심해야 돼.

평의회 감사에 걸리면 십만 명이 직장을 잃게 돼.

아무렴...

...이라고 말하기엔 너희 너무 많이 만난 거 아니야?

괜찮아. 우린 철저하니까. 너희만 조심하면 돼.

닥치고 이 중에 일 가장 깔끔하게 하는 게 누구야?

싼 게 비지떡이지...

근데 거래 내역은 기록에 없네...

염병!

아, 이 양반...

이 빨간 머리!

오케이!

좋아,
시작하자.

다시 영업장에
돌아오는 데 8시간,
시간은 넉넉하니까…

그럼
내 심부름 하나만
해줘.

뭐?

지금
1개월 치 약 좀
미리 땡겨줘.

통의 가게에서
소란을 피웠어. 내가
가면 약 안 줄 거야.

너희라면
바로 주겠지.

가서 약 좀 가져와.
내가 부탁한 일인 거
들키면 절대 안 돼.

이게 미쳤나?
지금 누가 누구한테
뭘 시켜?

그럼 이만
그냥 집에 갈래.

아…알았어!

소중한
친구의 부탁이잖아.
피같은 1시간만 쓰자.
다녀와, 어서.

……

응? 지로?

아… 아니. 우리도 아직 못 만났어.

그래, 이 녀석 대체 어딜 간 거야? 집에도 계속 없고…

혹시 만나게 되면 내 말 좀 전해.

우리한테 했던 행패가 이 바닥에 소문이 나서

형제들이 모두 의견을 모았어.

앞으로 지로는 약을 나한테서만 구입할 수 있게 됐어.

우린 지로 용서하니까 겁먹지 말고 언제든 필요하면 들르라고. 알았지?

그래, 꼭 전할게.

또 보자고.

정말… 쏠 거야?

그럼, 선례를 남겨야지.

아무리 다급해도 넘어서는 안 되는 선이 있다는 걸

약쟁이들한테 알려줘야 돼.

친구야, 우선 이걸 써. 일 끝나면 6개월 치…

너희들 패턴 생각하면 지금 일부라도 챙겨야 돼.

이게 지금… 우릴 못 믿어?

믿음이 생길 만큼 패버린다.

때리기만 해. 나도 가만 안 있어.

아, 됐어. 집에 갈래.

아… 알았어! 알았다고!

이번에 또 딴소리하면… 각오해.

뭐야? 세 박스 더?

응, 그래야 한 달 치… 아, 아냐.

카드도 받지?

……

자, 이러면 한 달 치 됐지?

응!

꽉

뭐야, 왜 이래?

이 동네에서 이걸 한 달 만에 쓰는 놈은 쓰레기 지로… 그놈뿐이야.

어딨어? 어디다 빼돌린 거야?

콴 영감의 냉장고?

택배 기사가 찾아와서? 너한테 누가 뭘 보냈는데?

......

이런 빌어먹을! 머릴 쏘면 어떡해? 적당히 방어만 했어야지!

염병! 네가 쐈거든! 닥치고 당장 튀어!

......

쿵 부대가 전멸한 곳에 들어가는 위험한 일이네요.

위험하다는 건 돈이 그만큼 더 든다는 거죠.

봅시다. 그럼 순간이동이랑 기억 읽기, 쿵 둘 2천에···

작업 도구에 위험부담 경비···

도합 4천···

비싸. 다른 데···

···이라고 다른 딜러들이 얘기할 때

저희는 하이퍼라 두 사람 몫을 3천에 합니다.

엑! 뭐야, 부당해! 능력 많으면 값이 깎여?

역시 다른 데···

수수료 5백 뺍니다. 아, 당신은 정말 운이 좋은 사람.

우리…

우리 이제…

완전히
엿 됐어.

이 자식 때문이야!

이놈 땡깡 때문에
이 꼴이 된 거라고!

이 개자식!
엿 될 거면 혼자
되든가…

왜 애먼 우리까지
끌어들여…

염병할…!
이제 어쩌냐?

저 약쟁이를
통의 형제들에게
넘기면…

그럼 수고했다면서
우릴 같이 묻겠지.

역시…
그렇겠지?

외행성으로
튀어도 고용된
킬러들에게 평생
쫓길 거야.

그럼 우린
이제 완전히…

아아아…
이 개자식아!

이것들을 냉장고 안에 가둔 뒤에

내 안전을 담보로 마약상 놈들에게 넘기자.

어차피 쫓기다 죽을 테니 그 편이 이놈들에게도 좋아.

더러운 꼴 덜 볼 테니까.

그래, 그게 좋겠어!

네, 계약금 감사합니다,

그럼 잔금은 일 끝나고…

뭐, 바로 시작하지.

예, 알겠습니다. 그럼…

슈슈

슈슈슈

아, 이게…

……

이…
이거…

엄청난 양의
마약이다.

이걸…
몰래 빼돌릴 수만
있다면…

아, 우… 우선
자리를 옮기는 게
좋겠어, 고객님.

응? 왜?

슈슉

역시 퀑 부대가
전멸했다는 게…
무시무시하군.

자세히
설명해봐.

당신들 여기서
손 떼는 게 좋겠어.
너무 위험…

!

뭐야,
저것들은…?

콴 영감이 사라진 뒤에
여러 조직에서 이걸 차지하려고
한바탕 쟁탈전이
있었다던데…

이런 곳에
옮겨져 있었네.

들어간다.

야, 근데 이거 위험하잖아? 노리는 놈들이 많을 텐데.

......

왜? 쫄리냐?

쫄긴 누가 쫄아? 난 단지…

맞아, 가게에서 뺏긴 열쇠와 그걸 가져간 쿵 놈이야.

타

그래요? 잠시만.

슈 슉

......

다행히 나머지 셋은 쿵이 아니네.

츠 즈 즈

그럼 해볼 만하겠어.

뭐… 뭐야? 이 시체들은?

좀도둑들이었던 것 같아. 안쪽으로 들어가면 박스가 쌓여 있어.

내다 팔면 충분히 돈 될 만한 것들이야.

제법? 제법?

퍽 퍽 퍽 퍽 퍽

이 도둑놈들이…

콱콱콱콱

그 열쇠는 이미 우리 군의 기물이야. 그게 무슨 의민지 알아?

너흴 쏴버려도 난 처벌받지 않는다고.

그래, 너부터…

자… 잠깐!

슉 슉

응? 어디로 간 거야?

어디긴! 정당방위하기 좋은 위치!

슉슉슉슉슉

콱

크아아압!

이봐, 너! 약쟁이, 순간이동 할 줄 알아?

그럼 이게 어떤 상태인지 알 텐데… 모르나?

69

뭐 상관없어.
너도 저 꼴 나지 않으려면
어서 열쇠 내놔.

......

이걸 뺏기면…
마약상 패밀리에게
저 안에 갇힌 놈들을
넘겨줄 수가 없어.

그럼…
엄마랑 동생들이
위험해져.

......

그래, 지금
이 상황은…

그때와 비슷해.

당하지
않으려면

먼저 친다.

......

맥박이…

슉

털썩

치지 않았으면
내가 죽었어.

나도
저 빨간 녀석처럼
됐을 거야.

내 잘못이
아니야. 정당해.

정당해…
난 정당해.

츠즈즈즈

이걸…
군대에 팔아넘기려
했구나.

그것도
엄청난 가격으로…

개자식들이 남의
물건으로 잘도…

우선은
더 늦기 전에
마약상 놈들을
만나야 돼.

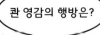
콴 영감의 행방은?

여전히 남겨진 흔적만으로 여기저기 수소문 중입니다.

영감 가게를 찾아왔다던 두 놈, 그것들만 찾으면 되지 않아?

쿵들을 동원하고 있지만 그들의 정체는 아직 밝히지 못했습니다.

신원을 쫓다가 소문만 접하게 됐는데요.

소문이라니? 무슨?

콴 영감의 실종이 태모신교라는 종단과 연관이 있다는…

도처에서 발생하는 데바림들의 실종에

그들의 직간접적인 참여가 있다는 겁니다.

아니 땐 굴뚝에서 연기 나겠어? 그쪽으로 더 알아봐.

옛썰!

영감의 창고는?

최근 관측으로는 경찰 특공대와 외행성 쿵 부대원까지 몰살됐다는…

콴이 말한 냉장고 지킴이들 짓인가?

거기 마약이 숨겨져 있다던 소문은 사실이었고?

예, 경찰 내부의 비밀 라인으로 보고된 내용인데요.

몇 개의 샘플을 테스트한 영상입니다. 한번 보시죠.

오… 허리 라인 정말 섹시하구먼.

그래, 이 정도면 몇 등급이나 되는 거야?

예전 아오리카의 최상위 등급 약에서만 볼 수 있었던…

콴의 냉장고를 반드시 우리가 차지해야 하는 분명한 이유죠.

끄응… 이거 미치겠군.

눈앞에 노다지를 두고도 가만히 지켜만 보고 있으려니.

조바심 낼 필요는 없을 것 같습니다.

상황이 콴의 예언대로 흘러 가고 있으니까요.

여기저기 엎치락뒤치락 하지만 결국

콴의 냉장고를 소유하게 되는 건

흐흐흐… 그래, 분명히 그랬지.

마왕이 차지하게 된다고. 기다리라고.

그게 바로… 나 아니겠어?

뭐야,
영역 싸움이야?

그럴 리가요.

규오가 사라지면서
더 이상의 영역 다툼은
없어진걸요.

야, 공식적으로는
너는 나서지 마.

범인은?

……

찾는 게 어렵지
않네요. 이 녀석들
입니다.

아는 녀석들이지?

아, 예.
잠시 연락을…

그래, 뭐 땜에
쏜 거야?

틱

사적인 감정싸움
같은데요.

공격에 방어하려다
일어난 우발적인 사고로
보입니다.

알았어. 넌 당장
가게로 들어가서
일 보고

예.

거기 책임자
바꿔.

경장님,
통화 좀…

응?

아이고, 형님.
이게 얼마만입니까?

잘 지내셨나?
그간 바빠서 안부도
못 물었네.

우리 애들
일에 신경 쓰게 해서
미안하구먼.

별말씀을요.
다른 친구들이 보기 전에
깨끗이 정리하는 게
동생 된 도리죠.

내 동생의 수고에
보상은 해줘야지.
주중에 보자고.

아, 그럴까요?
그럼 마무리하고 나서
연락드릴게요.

예, 모압의
콴 영감이 실종된 건
잘 아시죠?

아직 못 찾았다며?
우리가 맡겨둔 물건이
있는 걸로 아는데…

거기 경찰들 몇이
제 친구들인데요.

꽤 값나가는 정보를
제게 보내줬습니다.
보시죠.

팅

호오오…
이게 뭐야, 라인
죽이네.

콴의 창고에서
나온 물건입니다.

행성 하나를
사고도 남을 양이
들어 있다고…

경찰 특공대가
그 물건들을 압수하려다
쿼들 습격에 실패해

지금은 그대로
방치된 상태랍니다.

거 얘기가 이상하잖아. 방치라니?

정확한 정황은 알 수 없지만 전달한 내용은 모두 사실이랍니다.

덧붙여… 콴의 예언을 들으신 적 있으실 겁니다.

엎치락뒤치락 하다가 결국 그 냉장고는 마왕의 것이 될 거라고. 그러니 기다리라는.

그래, 그런 이야기… 들었던 것 같아.

그땐 듣고 흘려버렸지. 그런 냉장고는 내게도 있으니까.

하지만 이런 곡선을 가진 물건이 가득한 창고라면

다시 귀에 주워 담아야겠어.

무엇보다

그 예언을 있는 그대로 받아줄 용의가 있어.

규오, 네 고향 모압 이야.

당장 가서 현장을 조사하고

창고째 들고 와.

방해되는 건 그게 무엇이든 나 패왕, 마왕의 이름으로 전부 치워버리고.

조직원들에게 우릴 타깃에서 빼라고 명령을 내릴 사람!

두목을 만나게 해줘! 너도 네 친구 죽인 놈들을 찾아야 할 것 아냐!

……

츠 즈 즈

츠 즈 즈

뭔가 좀 알아냈어?

사실이었어.

노리는 놈들이 많아. 게다가 모두 만만치 않은 놈들…

패왕께 바로 전해야겠어.

그래? 그럼 당장 가져와.

예? 그… 그런데 그게…

저희 팀원 중엔 사물 큉을 행성 단위로 옮길 능력을 가진 녀석은…

없습니다.

그게 무슨 소리야?

너흰 우주 최강의 하이퍼 큉.

그깟 장롱 하나를 못 옮겨?

너희들 통장에 따박따박 입금되는 월급은 뭔데?

수단과 방법은 너희가 생각해. 가져와. 그게 내 명령이야.

이것들은 무슨 일이래?

……

이것들…

꽤 중요한 단서를…

아, 혹시 이 중에 아는 놈 있어?

ㅊㅈㅈ

!

지로…?

아니, 어찌 된 거야…?

나의 베프가 이런 곳에서…?

콴의 냉장고… 열쇠를 가지고 있었네.

당장 만나러 가야겠는걸.

친구를 잃더니 개념도 잃은 거냐?

약쟁이 하나가 두목을 만나고 싶다고 하면 우리가 알현해드려야 하는 거야?

아, 그게… 범인들의 행방을…

그런 건 퀑을 쓰면 5분이면 알 수 있어.

알 수는 있지만 잡을 수는 없는 곳에 가뒀다고…

왜? 경찰에 이미 넘겼대? 거긴 내 친구들 많아.

콴 영감의 냉장고 안이라는데요.

옷기고 있네. 그걸 열려고

이름 있는 외행성 하이퍼들까지 덤볐었어.

약쟁이 좀도둑이 열 수 있는 물건이 아니라고.

이거… 놈이 가지고 있는 거기 열쇠랍니다.

……

당장 갈 테니까 잘 모시고 있어!

그… 그 물건 절대 놓치면 안 돼!

됐다. 만나준대.

후우우…

……

대체 그놈들이 우리 지로를 어디로 데려간 거야?

아무래도 안되겠어. 경찰에 신고를…

무슨 짓 하고 있을지 뻔해. 신고하면 잡혀 들어가 몇 년 후에나 보게 될걸.

그래, 그거 괜찮네. 신고하자.

……

별일 없겠지…?

쓸데없는 인간들은 쉽게 죽지 않아.

또 그런 소리…

피곤해. 먼저 잘래.

이대로 영영…

큰오빠가 들어오지 않으면 좋겠어.

내일은… 몇 시에 가려고?

큰오빠 들어오기 전에.

81

……

좋아. 이렇게 하자.

이게 진짜 열쇠라는 전제하에 말이야.

이걸 우리에게 넘기는 걸로

네 죄값을 대신하고 너와 네 가족의 안전을 담보할게.

……

말투로 보니 뭔가 더 얻어낼 수 있을 것 같은데…

그… 그것뿐인가요? 뭔가 좀 더…

뭐? 야, 난 지금 너랑 거래하는 게 아니야.

거래가 아니면? 뺏는 거냐?

!

뭐야, 완전 깡패잖아.

나 없는 동안 이 동네 분위기 험해졌네.

잘 지냈어, 베스트 프렌드? 널 도우려고 방금 귀환했다!

……

규… 규오!

규오?

그래, 나 규오다!

너희 패거리가 평의회 검찰에 고발한!

놀랐어. 너희 태왕의 연줄이 거기까지 닿을 줄은.

이리 내! 이미 우리랑 거래가 끝난 물건이라고!

거래 아니라며? 너희 진짜 너무한 거 아냐?

이 바닥에서 내가 주워 먹는 게 얼마나 된다고 고발을 해?

이리 가져오지 못해?

이봐!

쿵이지? 내 뒤에 있는 두 친구 하이퍼 전투 쿵이야. 목숨 내놓고 얘기해.

저건 내 친구 물건이야. 받아야 할 이자가 있어서 내가 가져간다고.

......

친구야, 네가 날 정말 도울 거라면

저 양반한테 돌려줘야 돼.

이렇게 합시다. 이걸 잠시 빌려줄 테니

나와 내 가족의 안전, 그리고 10년 치 약값 무료.

좋아,
그렇게 하지!

슈슈슉

엇!

콱

우리 친구…
많이 달라졌네.

자기주장도
세지고.

츠즈즈

그랬군…

그래서
나한테 서운하게
굴었던 거였어.

퍽

이게 지금
날 뭘로 보고…

나 패왕님
라인이야. 날 무시하는 건
그분을 모독하는
거라고!

크으으윽…
이 개자식!

뭐야, 도대체 왜?
나한테 왜 이러는
건데?

전에 얘기했잖아.
내 부하가 안 될 거면
평생 밟아주겠다고.

너 이 자식,
당장 패왕님 앞으로
데려가 주마.

그런데?

……

너…
날 엿 먹이려는
거냐?

태…
태왕님…

그…그런데
패왕 똘마니도 그걸
노리고 있었습니다.

패왕 놈이
데리고 있는 경호원
놈들,

고산 공작의
백경대 면접에서
탈락한
애들이랬지?

예, 부양 가족이
없다는 이유였다고
합니다.

지킬 게 없는
놈들이라 어떻게
돌변할지
모른다고…

블랭크…

예에?

별수 없잖아.
그런 놈들과 맞서려면
그것들 말고
더 있어?

그건…
위험 부담이 너무
큰 게 아닐까요?

블랭크 놈들과
안전하게 연결할 수 있다던
그 외행성 큉 딜러…

이름이…
주완이라고 했던가?
그 친구 당장
불러.

85

......

냉장고 안의 기억은 왜 안 보여?

기억 읽기가 안 되는 사물 쿵 속성의 한 종류 같습니다.

콴의 창고를 들고 왔더니 이런 건 왜 데려왔어?

아, 현장 상황을 그냥 말씀드리는 것 보다는…

너 이 자식, 네 무능함이 이런 걸로 커버가 될 것 같아?

창고를 가져와! 그 냉장고!

흠… 태왕이라…

그래, 주제를 알고 경솔하게 행동하지 않은 건 좋아.

내가 모압의 시장 개척에 소극적인 데에는

그만한 이유가 있어. 놈의 본거지 중 하나인 것도 있지만 거길 건드리면

태왕과 연결된 군소 조직 놈들이 하나로 뭉칠 거야.

그것들 일하는 방식이 헐렁해 보여도 오히려 팀워크는 꽤나 견고하달까…

소란스러워지면 평의회가 직접 개입할 것이고…

우리가 많이 난처해지지.

어쩐다…?

콴의 예언은 분명히 나를 겨냥한 것일 텐데…

사과가 나무에서 떨어지길 기다리기엔 내 조바심이 너무 커.

이렇게 하자고.

마침 우리 재간둥이가 그 열쇠를 빌려준다고 했으니…

내 경호원들을 붙여줄 테니 네가 직접 가서 열쇠를 다시 받아와.

그래서 너와 가족의 안전을 내게서 지키라고.

난 네가 알 만한 꽤나 큰 노예시장을 가지고 있어.

열쇠를 가져오지 못하면 네 가족이 거래될 거야.

그곳에서 어떤 험한 일들이 일어나는지 너도 들어봤을 거야.

근데 말이야. 현실은 소문보다 더 참혹해.

특히 여자들은 나이와 관계없이…

아, 그만! 나보고 어쩌라고? 그쪽에서도 우릴 노릴 텐데!

이 꼬마가 지금 날 뭘로 보는 거야?

우리가 함부로 덤벼들지 못하듯 그쪽도 마찬가지야.

약속하지.

열쇠를 가져와. 너희 가족을 지켜줄 테니까.

……

그들을 써야 할 만큼 긴박합니까?

난 그렇게 판단해.

블랭크들을 컨트롤할 장치는…?

응, 평의회 검찰 라인이 있어.

뭐 그 정도라면 제가 일을 맡겠습니다. 대신 만일의 경우를 대비해

제 책임 영역을 분명히 해주셨으면 합니다.

연결해. 그 이후의 일은 내가 전부 책임질 테니까.

그것들이라면 패왕 놈의 화력을 충분히 견제 하겠지?

화력의 우위를 평가하는 건 어려운 문제입니다.

쿵이 팀을 이루면 무수한 조합과 변수가 일어나니까요.

패왕이나 귀족들에게 고용된 전투 쿵들이 사나운 사냥개라면

블랭크들은 굶주린 늑대들입니다. 길들일 수 없는.

이 8우주의 그 누구도 그들의 주인이 될 수 없죠.

뭐? 아, 그만?
나보고 어쩌라고?

패왕님이
네 친구냐? 응?

……

아, 그만 좀 해.
그놈 우리가 데리고
다녀야 한다고!

잘 들어! 열쇠…
열쇠 못 가져오면

내가 직접…
네 식구들 전부 팔아
버릴 거야!

알겠냐?
이 망할 자식아!

솔직히…

블랭크들과
접촉할 만큼의 긴급한
이유가 몹시
궁금합니다.

…만 그건 주제넘는
참견이니 이만 인사
드리겠습니다.

그래, 그 친구들과
비용 조정 잘 부탁해.

협상하는 데까지
저 친구와 동행하게.

예,
감사합니다.

89

슈 슈 슈

형제들을
소집해.

예?
그렇게 되면…
몫을 나누셔야
할 텐데요.

상대는 패왕이야.
나 혼자로는 안 돼.

모두들 패왕을
기인이라며 비아냥
거리고 우습게
여긴다지만

블랙마켓과
연관된 녀석들이라면
그 누가 정면충돌
하고 싶겠어?

무엇보다
그렇게 큰 물건은
같이 나눠 먹어야 탈이
안 나는 법.

미처
생각을 못 했어.

난 왜
콴의 이야길
모압으로만 한정
지었던 거지?

예언의 범위를
확장하면 마왕은 오히려
나보다는

패왕에 더 가까워.
그래서…

그래서
블랭크들이 필요해.

마왕이 냉장고를
갖는 게 아니라 차지하는
놈이 마왕인 거다.

……

당신 누군데?
이 번호는 어떻게 알고
전화한 거야?

뭐 간만이라
기억이 안 날 수도
있지.

하지만 내 성의를
받으면 바로 기억날
거야.

자, 여기. 어서
주머니에 넣어두쇼.

100.000

아! 쿵 딜러, 주완!
그래, 무슨 일이야?
간만이네.

일거리 좀 소개하고
수수료 좀 챙기게.

만나서 얘기하자고.
어디로 가면 돼?

오케이,
이사님들께 바로
말씀드릴게.

틱
틱

여기…
이 좌표로 와.

슈
슈.슈

당신은 같이 못 가.
여기서 기다려.

이따 봅시다.

슈슈
슈

어디들 계셔?

슈슈슈

여어, 주완.
간만이네.

선물을
가져왔다고?

또…

또 나 때문에…

안 돼.
더 이상은…

……

……

집에서 챙겨 갈
물건들이 있다고?

슈
슈

행여라도
도망치면 안 돼.

네 식구들
생각하라구.

찰
칵

너 목소리가
왜 그래?

괜찮은 거냐?

......

아, 자라니까.

뭐 하는 거야?

일 나가.

일?
무슨 일?

돈 버는 거지.
뭘 물어?

시간 걸리니까
기다리지 마.

거기
생일 케이크라도
좀 먹고 나가.

탕

지로야...

케이크? 뭘 축하하자고?

엄만 나 같은 걸
낳은 게 기뻐?

다 챙겼어?
가자고.

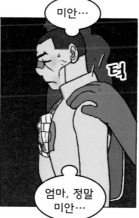

미안…

엄마, 정말
미안…

평생 나타나지
않을 테니까

잘 살아…

……

패왕…

그 떠벌이 밑에 우리가 신경 쓸 놈이 있나?

네, 몇 있어요.

그동안 멤버가 바뀌지 않았다는 전제하에…

ㄱ, ㄴ, ㄷ, ㄹ 그 네 녀석은…

뭔데? 그것들은?

고산가의 백경대 스카우트 제의를 거절한 놈들이에요.

콱

아얏!

우릴 보고 고작 그딴 것들에 신경 쓰라고?

그 강아지들을 왜 염두에 둬야 하는 건데? 넌 우릴 뭘로 아는 거냐?

아, 이야길 끝까지 들으세요.

그 녀석들 모두 공자 님의 제자 라고요.

……

염병!

그럼 됐어! 이번 일 없던 거다!

아니지. 오히려 잘된 거 아냐? 공자한테 전부 맡기면 되잖아.

공자한테 맡겨? 누가 걔를 움직일 수 있는데?

제가…
말씀드려볼까요?

네가?

……

그래,
차라리 너 같은
외부인이라면…

이야길
들어보긴 하겠다.
가능하겠어?

매해 인사는
드려왔으니…

일단 뵙게
해주신다면…

후우우우…

네 선물을
버리지는 않았는지
확인하러 온 거냐?

하하하…
별말씀을요.

보다시피
이렇게 틈만 나면
피워대고 있어.

시가는 그만 좀
보내. 얘기했잖아.
나한테 필요한 건 상냥한
남자라고.

지난번 소개해드린
백작님과는…?

지루해.

가진 게 많은
남자답게 상대의 기분
따위 전혀 관심이
없더라고.

상냥하고
지루하지 않은 놈으로
데려와.

예, 알아
보겠습니다.

그래, 무슨 일이야?
여길 이렇게 직접
찾아오고.

그러니까 지금 날더러…

내 제자들과 싸우라는 거냐?

그럴 리가요. 오해십니다. 제가 부탁드리려는 건

불필요한 충돌로 발생할 무의미한 희생을 막아달라는 것입니다.

그게 그 소리지, 이 자식아!

너 미친 거 아냐? 그게 나한테 할 소리냐고?

결례를 범했다면 용서하십시오. 하지만 이번 일에 참여해 주신다면

그 사실만으로도 패왕의 도발을 막을 수 있습니다.

됐어. 꺼져!

이런 역할을 맡으실 수 있는 유일한 분이시잖아요.

공자 님은 8우주 사상…

최강의 쿵이시니까요.

그래서…

대단히 감사한
제안입니다만

몫은 똑같이
N분의 1로 나누자고.

어떤가?
나와 같이 패왕에
맞서주겠나?

자칫하면
이후 판매 시장을
두고 패왕 측과 전쟁이
나진 않을까요?

평의회 검찰의
위력을 누구보다도
잘 알고 있으니

그런 엄한
짓거리는 절대 하지
않을 거야.

아, 뭐가 걱정이야?

형님이 언제
우리에게 손해 볼 일
제안하신 적
있나?

이런 기회를
주시는데 어떻게 도울지
고민하는 게…

잠시만요.
저는 형님의 판단이
좀 성급하신 게 아닌가
염려됩니다.

놉, 또
저 자식…

뭐야, 이번엔
또 뭘로 딴지를
걸려고…?

블랭크들을
이번 일에 끌어들이는 건
부담이 너무 커요.

우리 목표를
알게 되면 어떤 변수가
생길지…

차라리 패왕과
손을 잡는 게 훨씬 더
안전하지 않을까요?

그 정도
규모라면 패왕과
나누더라도…

푸흐하하하…

저, 저…
저런 순진한
녀석을 봤나.

그 양반이
왜 그걸 우리와
나눠?

놉, 자네의 염려는
충분히 이해해. 그래서
여러분이 필요한
거야.

패왕과 나누는 걸
왜 나라고 생각 안 해
봤겠나?

하지만 그런 일은
현실적으로 불가능해.

아니야. 놉의 말이
일리가 있어.

어리다는
이유만으로 이 친구의
의견을 묵살하기엔 꽤나
전략적이라고.

분명히
패왕이랑 붙는 게
훨씬 더 안전하고
유리해.

하지만 분배율…
말도 안 되는 어거지로
주객이 전도될 거야.

죽 써서
개 주는 꼴. 무엇보다
우리가 결집한다면

패왕을 상대로
전혀 승산이 없는 게
아니거든.

이거야 원…

설득은
했지만 요구
액수가 터무니
없어.

분명히
태왕은 거절할
것이고…

대안을
요구할 텐데…

고마워, 여러분!

그럼 모두
나와 함께하는
거지?

태왕!

팅

태왕님.

블랭크 측
요구 사항이…

제게 좀 더
시간을…

얼마나
요구했길래?

예, 여기…

……

과해. 하지만
역할만 제대로
해준다면야…

예?
그럼…

아무렴.
패왕의 경호대 유지
비용만 하겠어?

수용하지.
당장 불러들여.

아니, 도대체
어떤 이슈가 있길래

그런 조건을
받아들이는 거야?

ㅋㅋㅇ

이건…
나도 좀 알아야겠는걸.

크아앗!
대체 저건…

이 자식들…

날 치려면
사전에 준비를 철저히
했어야지.

저기 저거…?

응, 설명과 일치해.
콴의 냉장고야.

그래?

문이
열려 있어?

예, 뭔가 한바탕
소란이 있었던 것
같은데…

안으로 들어가
내부를 살펴볼까요?

아, 아니야. 그럴 필요 없어.

문 어서 닫아버리고 서둘러 옮겨줘.

사물 큉 그 자체는 건드릴 수가 없으니

텅

에워싼 공간 자체를 치환한다?

그래서 날 불렀군. 좋아, 어디…

우우우웅

아, 짜증 나!

이 꼰대들…

매번 이딴 식이면 홀로그램 화상 회의 같은 건 왜 하는 건데? 그냥 통보나 할 것이지.

듣느라 수고했어요.

이 테이블 당장 치워버릴 거야!

우쮸쮸 우쮸쮸…

당최 소통이 돼야 말이지. 정말 참을 수가 없는 것이야, 난.

늙다리들이 자기 몫에 눈이 멀어서는

10살 아이보다 못한 판단을 하고 있어.

그러게요. 나도 우리 달링에 공감 동감.

아, 물건이 생기면 뭐 하냐고? 우리가 가진 판로의 한계를 어떻게 할 건데?

내가 이것들하고 계속 어울려야 할까?

이참에 차라리 패왕 밑으로…

아이 참, 그놈이 그놈인걸.

기다려요. 우리 자기를 알아보는 좋은 친구가 생길 거야.

차분히 때를 기다려, 내 사랑.

응!

예!

패왕 패거리들이 손대지 못하게 숨겨뒀습니다.

응, 잘했어.

팅

저… 저기…

이따가. 나 지금 태왕님과…

지금 가게에…

빌려준 열쇠…

돌려줬으면 하는데…

퍼뻑

우우웅

츠즈즈

그럼 난…

보자, 열쇠를 찾으려면…

뭐야, 무슨 일이야?

OFF

당한 거냐?

현장 기억들은 내가 전부 지울게.

슈슈슈

츠즈즛

이 자식들…

응…?

아무 느낌 안 들지?

네 몸통 주변 공간만 뱀 따리처럼 꼬아놓았는데…

이 기술을 해제하면 왜곡이 현재 공간에 그대로 반영되거든.

협조하지 않으면 이대로 해제해서 몸통을 그대로 날려 버릴 줄 알아.

너… 너희들 패왕의 졸개들이지? 그렇지?

맘대로 지껄여. 여기 현장 기억은 전부 지워버리면 되니까.

아, 기억나!

낯이 익다
했더니…

이 녀석을
어떻게 여기서 만나게
되는 거야?

나 기억하지?
내 돈 갚을 의지는
있는 거냐?

열쇠…
열쇠 돌려줘!

그걸 못 가져가면…
내 가족이 위험해.

손에 쥔 거
잃지 않으려면 여기서
끝내자고?

면목 없습니다.

태왕…

그 멍청이가
블랭크 잡놈들까지
끌어들인다
이거지?

좋아, 그럼 나도
골치 아픈 소란을
받아주지.

ㄱ, ㄴ, ㄷ, ㄹ한테
가서 상황 깨끗이 정리하고
열쇠 가져오라고 해.

......

어쭈? 이 자식
봐라…

이젠 대놓고
내 전화를 씹는다
이거지?

아, 그만 좀 해.
내가 그 친구라도
전화 안 받겠다.

뭐? 내가 뭐?
내가 뭘 어쨌는데?

돈 빌려주기
싫다는데 왜 자꾸
전화질이야?

아니,
돈이 없는 것도
아니면서 싫다잖아!
그게 말이 돼?

아, 그러니까
싫다는 사람한테
왜 자꾸…

왜냐니?
지가 누구 덕에 그런
대우를 받고 사는데?

누구 덕에
공자 님 제자가
된 거냐고?

나한테 가족만
있었으면 백경대 자리
내 거였거든?

내가 양보해준 거나
다름없다고! 내 몸값의
몇 배를 받으면서
이럼 안 되지.

은혜도 모르고
제가 잘나서 그런 줄 알고
있는 꼴, 못 참아.

두고 봐!
내 이놈한테 반드시
정당한 값을 치르게
할 테니까!

당신…
정신적으로 문제가
있는 것 같아. 상담이
필요할 듯.

어쩜
같은 스승에게서
저렇게 다른 제자가
나오는지…

닥쳐!
내가 기역이 놈하고
비교하지 말랬지!

111

팅

패왕님
전언입니다.

뭐야, 나 오늘
쉬는 날인데.

야, 우리 대화
전부 녹음되거든?

아, 조용히 해봐.
시옷이 뭐라고 하잖아.

뭐? 블랭크들한테
미음이 당했다고?

예…

예? 그게 지금
시옷 네가 할 소리냐?

이런 등신들이
블랭크 따위한테…

그래,
마침 잘됐다.

그렇지 않아도
기분 꿀꿀했는데…

가서 그 떨거지들
쓸어버리고 와야겠어.

그것들
좌표 보내.

스으윽

못 들었어?
임무가 그게 다가
아니거든?

아, 됐어!
열쇠 같은 건
네가 맡든지.

감히 우리
패왕 경호대를
건드려?

야, 야!

슈슉

크흑! 이거 놔!

이런 데 갇혀 있을 시간 없다고!

떡

그건 태왕님이 판단하실 문제야.

대체 뭐야? 왜 네가 여기 있는데?

염병, 얘기했잖아!

열쇠…

여기 빌려준 열쇠 다시 가져가지 못하면 내 가족을 노예시장에 팔아버린댔어!

제발… 제발 도와줘! 날 도울 수 있는 건…

한 번으로 족해. 대체 무슨 열쇠를 말하는 거냐?

콴의 냉장고…

콴? 모압의 데바림 콴?

……

거긴… 공자가 자신의 전사체를 봉인해둔 곳인데

이 사실을 그녀가 알게 되면…

자…

한잔
받으시게.

츠
즈
즈

흥! 뭐야,
기억을 읽지 못하게

태왕의 몸 전체에
큉 기술이 적용되고 있네.

저놈…
애쓰고 있구먼.

츠
즈
즈

무슨 일인지
알려주칠 않겠다?
좋아, 그럼…

태왕님, 이 잔은
일이 끝나는 날 비우도록
하겠습니다.

일 처리도 없이
맹세의 잔이나 돌리는
떠벌이는 되고 싶지
않습니다.

아…

뭐…
그렇게 하지.

설마 이 자식들…

언제든
뒤통수칠 수 있다는
메시지를 던지는 건
아니겠지?

이봐, 아저씨.
우린 아직 이 일의
정확한 규모조차
몰라.

우리가 요구한
적지 않은 액수를 흔쾌히
받아들인 걸 보면

꽤나 큰 딜을
급하게 처리해야 하나
본데

그럼 일이
마무리되고 난 후
우리 몫을 다시
조정해야 하지
않겠어?

！

태왕님을 커버해.

뭔가… 행성 단위로 이동해 여기로 오고 있어. 복수심…

이동 좌표가 여기라면…

패왕의 졸개?

슈슈슈

역시…

이 자식들! 너희…

태왕과 블랭크 떨거지렷다?

빠악

떨거지?

이런 싸가지…

털썩

바… 방금 이런 건 내 부하 퀑들이라면 막을 수 없었어.

뭐야, 그 어처구니 없는 놈은?

아까 돌려보낸 놈 보고를 듣고 흥분해서 날아온 모양이군.

츠즈즈

혼자 온 거야?

응… 곧 다른 놈들도 들이닥치겠어.

응?

……

안 풀리네…

……

갑자기 왜 이렇게 귀가 가려워. 어떤 놈이 내 이야길 하나?

보자… 그때 여자의 어깨는 울고 있었다.

그 남자를 독점할 수 없다는 자신의 처지에…

아니야. 아니야. 구려.

눈물을 흘리는 이유가 이게 뭐야… 촌스럽게.

끄으응…

이 속도로 공모전 마감을 맞출 수나 있을까?

일단…

쓰는 데까지.

치잇! 태왕 패거리가 방금 떠났네.

뭐야, 니은 이 자식! 이런 개망신이 있나.

니은이 덜떨어졌다기 보다는

모크족 블랭크 놈들이 만만치가 않네.

여기 남겨진 기억들을 샅샅이 읽어내서

놈들이 어디로 갔는지…

우리 추적을 피하려고 몇 단계는 이동했을 거야.

무엇보다 순간이동 지점을 예측하는 놈이 있으니

우리가 함께 움직이는 건 위험하겠어.

각자 움직이자고. 이동 경로의 단서를 찾게 되면

바로 공유하고 이동할 때는 목표 지점에서 좀 떨어진 장소로…

……

오케이!

결국 여기까지 찾아올 겁니다.

물론 놈들이 태왕님과 수하들을 만나는 일은 없습니다.

직접 보셨듯이

저희를 지나쳐 갈 수는 없으니까요.

그래, 이놈들 태도에 불편해할 필요 없어.

어차피 이놈들이 우리에게 요구할 건 돈이 전부야.

놈들이 엉뚱한 마음을 갖는다면

평의회 검찰 라인을 동원하면 돼.

......

이거야 원…

스승님께 그런 일이…

역시 데바림들과는 어울리지 말아야 했어.

끄응…

저건 아까부터 뭘 하고 있는 거야?

크홋…

대체…

대체 어디쯤 있는 거야?

더듬

더듬

아까 여기 뒤편에다 던져뒀던 거 같은데?

이 개자식들이 남의 물건을…

가방… 내 가방…

탁

!

찾았다!

좌루룩

......

숙

이… 이봐!

너 지금 이 안에서 뭘 하려는 거야?

야! 야, 임마!

자, 총알받이 역할은

모두 블랭크들에게 맡기고…

우린 이 굴러들어온 노다지를

잠시 감상하자고.

틱

터엉

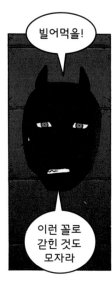

빌어먹을!

이런 꼴로 갇힌 것도 모자라

저런 약쟁이랑 한 방이라니…

짜증 나. 어서 이 구속을 풀고…

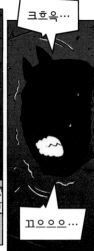

크흐윽…

끄으으으…

하아아…

꿈쩍도 안 해. 제기랄!

......

아니야! 아니야! 박스 내부를 좀 더 들여다 보라고!

ㅊㅈㅈㅈ

자네 컨디션 때문에 안 보이는 것 아니야?

어제 잠 잘 잤는데요.

슈슈

꽤 안쪽까지 들어가봤는데…

역시 박스 안에서 약 같은 건 찾을 수 없었습니다.

아, 안 돼…

휘청

분명히 확인된 사실을 가지고 내가 일을 벌인 거라고.

주완…

그 친구 지금 어디 있나?

어서! 어서 데려와!

이거 난감하네.
이번 일이 콴의 냉장고와
관련이 있다는 걸 알면

경우에 따라선
태왕까지도 적으로
돌릴 수 있는
상황…

공자가 가만있지
않을 텐데…

답답하군.

당장 공자에게
상황 설명하고

양해를 구해야
그나마 중간에 낀 내가
덤터기 쓰는 일은 피할 수
있을 것 같은데…

그런데 대체
태왕이 무엇 때문에

콴의 냉장고를
차지하려는지 알아야
이야길 전하지…

팅

주완 님, 태왕님
호출입니다.

정말…

정말이야…

그만 때려.
여기서 풀려나면 방금
얘기한 돈 줄 테니까
그만…

……

그걸 어떻게
믿어?

뭐야, 너…
기억 읽기까지?
하이퍼냐?

……

예?

분명히 확인된
사실이었어.

어떻게 된 거야?
왜 없는 거야?

아, 이 사물 퀑의
특성 때문일지도…

예를 들면
다차원 구조
라거나…

다차원?
그럼 어떻게 해야
하는 건데?

맙소사, 냉장고를
차지하려는 이유가…

행성 하나를
사고도 남을…

！

그… 그럼…

그런 훈련만 견뎌내면 나도… 그런 경호대 멤버가 될 수 있나?

……

갑자기 뭐래? 이 약쟁이 쓰레기가…

응? 솔직하게 얘기해봐.

무… 물론이야.

네 노력 여하에 달렸지. 하이퍼라면 누구라도…

슈슈슈슈

！

이… 이런! 꼴하고는…

흥!

누구라도 될 수 있는 게 아니야. 특히 너 같은 약물 중독자는

꿈도 꾸지 마! 큉이 약에 손을 댔다면 그걸로 끝인 거야! 갱생? 불가능해!

큉 경호대의 훈련 강도란 건 감히 너 같은 구제불능 쓰레기들 입에

오르내릴 수준의 것이 아니야! 분명히 얘기해줄게!

큉 경호대? 거긴 하이퍼 전투 큉들의 자존심 영역이야!

더럽히려고 하지 마! 넌 약쟁이답게 그냥 자위나 하다가 사라지라고!

다 됐어.

얼굴은 이전 수준대로 회복됐어.

널 벽에다 가둔 기술들을 분석해 보니…

이 블랭크들 꽤 하는 것 같다.

꽉

너 이 개자식, 잘도 날 능멸했겠다? 어떻게 죽여줄까?

크으윽! 패왕님이 나한테 열쇠 찾아오라고…

패왕님은 네가 아니라 열쇠가 필요하신 거야.

조용히 처리하실 생각이 바뀌어서 우릴 여기에 보내신 거라고. 그러니 넌…

어쩌면 패왕님께서 다시 찾으실 수도 있으니 다치게 하면 안 돼.

블랭크들 처리가 더 급해. 서두르자고.

아, 잔소리! 젠장!

칫!

빡

알았어. 가자고.

크으으으읍…

아…안 돼! 여기 갇혀 있을 순 없어!

나도… 나도 데려가!

슈슈슉

턱

……

슈슈슉

……

아, 씨! 이게 진짜…

퍽

퍽

뭐야, 혼자 있나?

패왕의…

정예들인가?

너희 넷이라면 나 혼자서도 충분해.

일일이 상대하긴 귀찮으니까 한꺼번에 덤벼.

131

틴

이거 난처한걸.

왜?

태왕이…

뭐? 죽어?

!

……

역시… 패왕 측 화력에 밀린 거냐?

아, 아닙니다. 그… 그게… 그러니까…

허허… 이거 참! 아니, 경호를 어떻게 했길래 달동네 양아치 총에 당해?

도… 돌발 상황이었다고…

방금 너희도 들었겠지만

우리 의뢰인이 갑자기 죽어버려서 말이야.

돈 받고 하는 일이라…

이제 내가 너희와 싸울 이유가 없어져 버렸어.

우선은 어떻게 해야 할지 동료들과 얘길 나눠야 해서…

슈슉

다시 보자고. 아니면 말고.

왜?
갑자기…? 속임수일
가능성은?

추모화환
보내기 전에

태왕의
정확한 사인은 조사해서
전하겠습니다.

경황 없는 틈을 타
빨리 열쇠 찾아와!

그리고
냉장고 물건 확인하고
몽땅 들고 오라고!

서두르자!

내가 찾은 단서에
의하면

네… 넵!

이제 블랭크들과
충돌할 일 없으니
임무가 아주
가벼워졌어.

이번에 들러야 할
장소는…

……

태왕 측에서
이걸 찾을 때까지…

슉슉슉

혹시 모르니
내가 가지고 있자.
그게 제일…

응?

!

133

타이밍도 참…

고마워, 아저씨.

슈슛

아앗…

저것들도…

이제 우리와 싸울 필요가 없나 보군. 그냥 왔다 가네.

어이, 주완! 이리 좀 와봐. 정확한 사건 상황 좀 보게.

아, 아닙니다. 아까 드린 말씀이 전부예요.

아, 안 돼… 이것들이 냉장고 안에 뭐가 들었는지 알게 되면…

걱정 마. 사생활은 안 읽어.

츠츠츠

아, 저… 저기…

……

냉장고 안에… 목숨 걸고 차지할 만한 게 있었구먼. 어쩐지…

이게…
콴의 냉장고로군.

사물 큉은
언제 봐도 기분
나빠.

내부로 들어가
패왕님이 말씀하신
물건을 확인한다.

내부 정보가 없으니
정신 바짝 차리고.

두 사람은
돌발 변수에 대비해
여기서 기다려.

너 지금 우릴
돌발 변수라고
생각하는 거지?

……

저기…

닥쳐!

어디 가서
누굴 만나야 그런…
훈련을 받을 수 있는
거지… 요?

내가
훈련을 결심할
때만 해도

큉 딜러들이
하이퍼들을 찾아
다니던 때여서

요즘처럼 빡빡하진
않았어. 지금 큉 경호대
시장은 포화 상태.

수요보다 공급이
많으니 뭐…
경쟁은 치열하고
가격은 불안.

다른 분야처럼
많은 돈을 쥘 수
있는 건

돈 많은 귀족들에게
팔려 나가는 소수야.

비싼 몸값을 받으려면 스승을 잘 만나야 돼.

그건 순전히 운이야.

입소문 난 스승이라도 우선은 나와의 궁합이 더 중요하달까?

실력이 좋아도 자기랑 맞지 않으면 심신이 망가져.

지금 너랑 같이 있는 우리 넷은 운이 좋았지.

8 우주 최고의 스승에게서 배웠으니까.

그… 그러니까…

그런 스승을 어떻게 만나는데?

그거야 역시… 이 업계 딜러들의 분석력.

이름 있는 딜러들에게 알아 봐야지.

큥 기술들을 활용하고 조합해내는 능력치랄까?

어떤 선생에게 가면 좋을지 알 수 있거든.

근데 왜? 너도 전투 큥 훈련 받아보게?

ㅎㅎㅎ 아서라. 내가 웃으면서 얘기 하니까 우스워 보이나 본데…

너같은 약쟁이가 감당할 만한…

차라리 네가 약을 끊는 게 훨씬 더 쉬울 거야.

…라고 내가 왜 친절하게 설명하고 있는 건데?

퍽

퍽

퍽

슈슈슈슉

……

그래, 너희는 찾았어?

없어.

안으로 꽤 깊이 들어가봤는데 역시…

……

이거야 원…

규오야,

네, 패왕님!

없대. 안에 살림살이 쓰레기 말곤 아무것도 없대.

내가 네 친구한테 속은 거냐? 너한테 속은 거냐? 응?

너 내가 먹여주고 재워주니까 호구로 보여? 응?

아, 패왕님!

사물 쾽의 속성에 따라 다차원 공간일 수도…

지…지로, 이 개자식이 패왕님 앞에서 날 이렇게 엿 먹여?

좋아, 네 가족들 내가 노예시장에…

그럼…
태왕 형님 장례는
그렇게 합시다. 회의는
여기까지.

패왕 측에서도
당장은 어쩌지 않을 테니
일 얘기는 내일…

틱 틱 틱 틱 틱 틱

자,
우리 일 얘기는

지금 시작하지.

중

……

ㄲ ㄲ ㄲ ㄲ ㄲ ㄲ

놉, 잠시…
우리 얘기 나눌 수
있을까?

아, 예!
물론입니다.

앞으로
어쩔 셈인가?

예?

패왕과 계속
맞설 생각이야? 태왕이라는
구심점이 사라진
마당에…

지금 우리 중에
기존의 결속을 유지할
만한 사람은 없어.

모두들 자신이
태왕 다음이라고 여기는
마당에 우리에게 승산이
있겠나?

장례 절차가 끝나면
서로 패권을 쥐려고 분열이
일어날 거야.

그렇게 되면
가장 멀리 밀려나게 되는 건
자네와 나.

해서 말인데
이참에…

다차원?

그럼 어떻게 해야 하는데?

기술을 섞어 쓰는 하이퍼라면 열 수 있습니다.

우리 자음 경호대의 누구에게 맡겨야 하는 거야?

아, 현재 멤버 중엔 없는데요…

뭐가 어째? 네가 해놓은 세팅이잖아! 너 이 자식, 날 뭘로 보고…

아, 그 정도 쿵은 8우주에 10명도 채 안 됩니다.

게다가 고용 가격이 패왕님이 정하신 예산으로는…

닥쳐! 난 분명히 우주 최강 팀을 요구했고

옛?

넌 나한테 사기를 친 거야. 넌 죽었어!

팅

!

패왕님!

이건 어떻게 처리할까요?

그게 뭔데?

아, 그건 이제 아무 쓸모 없잖아. 적당히 아무 데나 버려.

저, 저기요! 제 가족은…?

네 가족? 그건 네 일이지, 미친놈아! 왜 그걸 나한테 물어?

관심 없으니까 당장 꺼져!

하아아…

다… 다행이다.

이걸 어디다 버리지?

아…

부… 부탁해! 당신 스승…

그분한테 날 좀…

곱게 미쳐라. 네가 뭐라고 그분한테 내가 소개를 해?

그렇게만 해주면 이 은혜를…

은혜? 원수로나 안 갚으면 다행이지.

그래, 너한텐 거기가 좋겠어.

슈 슈 슉

슈 슉

!

……

여… 여긴…?

지옥! 약쟁이는 주변에 민폐야. 만인의 평안을 위해

이곳에서 조용히 마무리해.

안녕! 사막이지만 심심하진 않을 거야.

슈슈슝

이… 이봐! 같이 가!

......

......

......

방법…

여기서 나갈 방법을…

뭐라도 찾아야 돼!

같이 패왕한테 붙자?

응, 나랑 같은 생각을 갖고 있더라고.

근데 역시… 거절하는 게 나으려나?

아니.

자기 혼자일 때랑은 다른 상황이야.

그런가…?

응!

혼자면 배신이지만 둘이면 명분을 만들 수 있잖아.

어떤 명분…?

사실 그대로지. 두 사람 태왕의 형제 사이에서 따돌림 당하잖아.

저기요, 그렇게 노골적으로 말씀하실 것까진…

태왕의 빈자리뿐만 아니라 엄청난 돈이 걸린 문제니까

반드시 알력 다툼이 있을 것이고 자기는 거기서 밀려난 피해자 연기를…

물론 그게 통하려면 약이 들었다는 그 창고를

패왕에게 들고 가야지. 거기엔 쿵들이 필요하고

그러려면 쿵 딜러들을 만나야 하고

어떤 딜러들을 만나야 할지 또 들어갈 수수료가…

아, 지출이 예상되니 갑자기 속이 안 좋아.

자… 자기야! 무리하지 마. 내가 주물러줄게.

형제들이 본인들 몫에 눈이 어두워 패왕의 화력을 망각하고 있어.

패왕이 우릴 건드리지 않았던 건 태왕이라는 구심점의 결집력 덕분.

만일 패왕이 우리 둘과 몫을 나누지 않겠다면

판매책 권한의 일부라도 얻어내야 해. 그건 어렵지 않을 거야.

내 몫을 내 손으로 가져다 바치는 게 당장은 분하지만

그래야… 살 수 있다!

142

그렇지!

태왕 쪽 형제들이나 패왕 쪽 라인…

둘 중 하나와는 연결돼 있어야 해.

물건을 팔 수 있는 유통 경로가 필요하니까.

아쉽지만 그런 이유로 우리가 전부 다 가질 수는 없는 거야.

어차피 그 냉장고는 언제든 우리가 손에 넣을 수 있어.

우린 여유를 가져도 돼. 걸리적 거리는 한 놈만 빼놓고.

걸리적거리는 한 놈? 누구?

내 생각엔 이참에 아예 치워버리는 게 옳은 판단인 것 같아.

누굴 말하는 거야?

누구긴? 공자!

우리가 가지려는 물건의 정체를 알게 되면

그 같잖은 도덕군자 같은 태도로 우릴 방해할 거야.

약을 가지려면 그 계집을 먼저 쳐야 해!

143

어떻게? 응?

우리 셋이 한꺼번에 덤비면 이길 수 있어?

불편한 현실을 그렇게 담담하게 얘기하지 마!

방법이 있냐고?

찾아봐야지!

넌 어째 틈만 나면 걔를 없앨 생각만 해?

닥쳐! 넌 우리보다 센 놈이 있는 게 안 불안해?

후우우우…

안 풀려. 안 풀려. 생강차라도 한잔…

슈슈슉

드시던 걸로…?

예, 오늘은 머그잔에…

저… 저기… 잔액 부족이라고 뜨는데 오늘은 그냥 드릴게요.

아, 아니에요! 그러지 마세요.

창피해…

어떻게 은행 잔고가…

144

이… 이런! 이 집요한 평의회 검찰국 놈들…

벌금으로 전부 다 빼 갔어. 이 계좌는 어떻게 찾아낸 거야?

슈슈슈

틸썩

……

뭐니? 대체…

이게 뭐야? 내 꼴이 이게 뭐냐고?

어쩌다 땡전 한 푼까지 몰수당하게 된 거냐고…

팅

CALL

훽

CALL

누구냐?

그건… 안 되겠어. 일단 나 엄청 바빠.

아, 누나! 이건 시간 걸릴 만한 일이 아니래도.

안 돼. 패왕 쪽 일이라며?

주완이가 먼저 와서 난 지금 태왕 쪽에 있단 말이야.

아뇨! 아뇨! 패왕을 위해 뭘 해달란 게 아니라니깐.

이건 온전히 제 청탁이라고요.

그… 그게 무슨 소린가?

물건이 없다니…? 다차원 공간일 거라니?

패왕의 경호대가 훔쳐 간 열쇠로

콴의 냉장고를 열어본 결과입니다.

뭐야, 이런 어처구니 없는 일이 있나?

태왕 형님이 우릴 속인 거야?

그런 건 아니고 단지 확인 절차가 필요할 듯…

당장! 당장 확인해줘!

아…

죄송합니다만 제 역할은 블랭크 팀과 연결해드리는 것으로…

지금 그게 중요한 게 아니잖나? 아무렴 보상 없이 일 시키겠어?

어서… 어서 그 물건들이 그 안에 들어 있는지 확인해달라고!

안 돼… 이 이상 개입하면 내가 위험해진다.

어차피 마약과 연관된 일이야. 여기서 더 나가면…

정말 죄송합니다.

제 임무는 태왕님과 사전에 협의된 것이라…

……

그래, 알겠네.

그럼… 다른 루트를 알아보지.

야, 너 일로 와봐.
기억 좀 읽게.

예? 무슨
권리로요?

궁금증 사라지게
맞아볼래?

끼이이익

여기 혹시…

내가…
다녀간 곳인가?

아니야. 그게
이런 곳에…

츠르르

사물 킁 모양새야
다 거기서 거기. 내가
한두 개 본 것도
아니고…

대여섯 개의
중첩 공간…

단순 저장이
목적이라면 실내 온도가…
여기랑 여기…

우선…

조응

……

됐어.
궁금해하면 돈에서
멀어진다.

난 지금
양심에 거리낌 없는
돈이 필요해. 그러니
궁금해 말라고.

전형적인
저장고 타입. 내가 전사체를
봉인한 곳이 연상되지만
거긴 아니야.

입구에서부터
적재된 스타일이나
박스 디테일을
보니…

읽지 마, 읽지 마.

……

……

호기심 끊자. 내가 참견 하면 돈이 끊긴다.

아, 찾는 물건 맞는 것 같아요.

어디…

!

남의 물건에 손대지 마.

일단 여기서 벗어나서 확인해.

예…

뭐야, 어때? 우리가 확인하려던 물건 맞아?

……

태왕이고 패왕이고 그러든가 말든가…

지금 당장 저 냉장고 들고 튀자!

후우우…

이렇게 서서히…

역시 지금 여기서 끝나는 게 모두에게 이롭겠지?

호흡이 점점 더 힘들어.

……

살아 있어봐야 이래저래 민폐…

이거면…

마지막까지

고마워, 케미컬 브라더.

스르

기분 좋게 갈 수 있어.

역시 내겐 너밖에 없는 거야.

탁

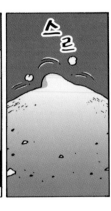

스르르

……

!

......

그 창고에서 직접 들고 나온 거라고?

예, 아울러 이런 말도…

엄청난 양이야. 뭔진 모르겠지만 그게 아무리 하찮은 물건이라도

적재량을 감안하면… 뭐든지 살 수 있겠어.

…라고 덧붙였습니다. 감축드립니다.

이제 서둘러 차지하셔야…

모두 사실입니다.

이거… 나 패왕이 8우주의 마왕으로 거듭나는 순간이구먼.

지금 당장 우리가 가진 모든 화력을 총동원해 냉장고를 차지한다.

왜? 내가 한 일이 뭐가 어때서?

쿵 딜러의 심부름이 어때서? 난 정당하게 벌었어.

쳇! 한심해. 겨우 이런 일로 자괴감이 들다니…

난 아직 멀었어. 여전히 속물인 거야.

하아아… 그렇게 여기저기 이용을 당하고도

내 마음은 여전히 헤매고 있어.

내가 대체 뭘 더 바라는 거람?

글쓰기에 집중할 수 있는 따뜻한 목욕물…

생강차의 온기…

이거면 되잖아. 뭐가 더 있어야 하는데?

읽은 기억 중에 저런 건 없었어.

뭐야, 저건…?

하지만 왠지… 위험한 느낌은 들지 않아.

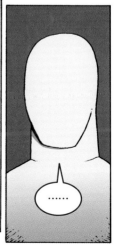

……

거기 남은 흔적
아무리 읽어봤자

우리와 연관된
단서는 찾을 수 없지.
ㅎㅎㅎ…

이건
우리 블랭크 팀에선
우리 셋만 아는
비밀이야.

당연하지.
저 냉장고는 우리
세 사람 거니까.

자, 이제 차분하게
우리의 미래를 설계해
보자고.

아…

가면 쓴 자가
블랭크 셋을 기절시키고
냉장고를…

들었지? 이게 읽어낸
현장 기억이야.

그리고는 아직
계약금 받기 전이니
그냥 그만두겠다는
거야!

이게 무슨
개소리야? 이게
말이 돼?응?

말이 되긴 하죠,
라고 답했다간…

그…그러니까
제가 어떻게 해야
할까요?

그 셋에게
책임을 묻고 당장 냉장고
찾아와!

안 그럼 넌
앞으로 큉 딜러 일
다시는 못 하게
될 거야.

x

ERROR

160

이런…

누군가 선수 쳤네.

시간은… 얼마 되지 않았어.

패왕님이 노발대발하시겠군. 어떻게 되찾지?

어쩌긴. 블랭크 놈들을 탈탈 털어야지.

털면?

바보냐? 이거 자작극 냄새 나.

이참에 걸리적거리는 그 블랭크 놈들 전부 쓸어버리자.

예? 콴의 냉장고를 도난…?

그렇다는군.

그 물건 우리 손에 넣을 수만 있다면… 기회네요.

분명히 그렇지만… 쉽지는 않을 것 같네.

뭐 일단 해보죠.

지금 가장 심하게 책임 추궁을 당하는 게 누굽니까?

……

어색해.
태왕과 패왕이 노리는
물건을 누가 블랭크를
상대로…?

아무래도
가능성은…

역시
블랭크들의 자작극…?
그래, 그게 가장
적절해.

그러니 돈도 안 받고
그만두겠다고 한 거야.

팅

!

예, 여기까지가
지금 있었던 일의
전부입니다.

그럼 그 공자라는
양반이 냉장고를 찾을 수
있다는 거죠?

정확한 워딩은
찾을 수 있다는 게
아니라

그분한테는
그건 그리 어려운
일이 아니다,
였습니다.

대체
그 공자라는 분은
어떤 사람이죠?

제가
직접 만나볼 수
있을까요?

163

……

지금 이 상황을 해결할 수 있는 건 공자분이야.

이 놈이란 양반은 어차피 태왕 쪽 사람…

그녀를 소개시켜주고 나는 이쯤에서 빠지자.

예, 물론입니다. 마침 공자 님께 전할 메시지가 있으니…

아, 고마워요.

뭐?

예, 반드시 알고 계셔야 할 것 같아서…

콴의 냉장고였다고?

내 전사체를 봉인해둔?

......

뭐야, 너…?

누구냐? 대체 너 누구냐고?

츠르르

츠릅

텁

툭

흐웃…

이제 곧 약효가… 한 번에 다섯 개는

처음… 아, 동시에 마지막인가? 크큭…

다시 눈을 뜨게 되면 지옥이거나 다음 생…이려나?

!

아…

처음 뵙네요. 놉이라고 해요.

공자 님. 굉장히… 매력적이시네요.

츠즈

매력? 그건 외모 평가질할 때나 쓰는 말 아닌가?

아, 아닙니다. 제 경우는 어디까지나 찬사의 의미로…

아, 됐고! 무슨 일로?

츠즈즈

뭐야, 주완이 너 이 자식…

166

공자 님, 진작에 말씀 드리려고…

닥쳐!

어디 어림 반 푼어치도 없는 소리를!

그… 그럼 야한 건 스킵!

정확한 의중이 뭔지 기억을 읽어봐도 되겠어?

아, 됐어! 불쾌해! 안 봐!

저기요, 콴의 냉장고를 되찾아서 제게 넘겨 주셨으면 해요.

오오옵…

츠
츠
츠

아, 스킵! 스킵!

!

젠장! 이거야 원…

당장 정리를 해야겠어.

놉 아저씨, 냉장고 처리는 내 개인 용무.

신경 끄도록 해요.

아, 저기…

냉장고의 행방은… 아시겠어요?

뻔하지. 탐욕스러운 세 놈의 자작극이야.

그 셋을 상대로 물건을 훔칠 만한 놈이 이 우주에 몇이나 되겠어?

167

뭐야, 공자가
어쨌다고?

크홋!

안 돼! 이런
제기랄…

공자가 우리 걸
어디로 빼돌린 거야?

예?

갑자기
공자 님은 무슨
일로…?

당장!
당장 그년하고
연락해서

젠장!
내 전화를 받을 리
없잖아!

무슨 일은!
공자한테 사랑 고백
하려고 그런다!

지금 어딘지
알아내!

옛?

뭔…

……

아, 뭐야?
둘의 문제를 가지고 왜
나한테 성질…

엇! 뭐요?
당신들 뭡니까?

도둑맞은
우리 집 냉장고를
찾으러 왔어.

없어!

내 전사체…

크윽! 당신들 패왕 패거리…

당신 집 냉장고를 왜 여기서 찾…

이 친구 기억엔 냉장고 행방은 전혀 없는데?

……

끄르륵… 당신들 실수하는 거야. 여긴 블랭크 소굴의 중심이야.

이제 곧 내 동지들이 벌 떼처럼 몰려들걸.

그래, 원하는 바. 벌 떼 중 그 세 놈이 들어 있길 바라.

자, 그것들이 모습을 보일 때까지

블랭크들의 소굴을 완전히 쓸어버려!

170

롯…?

!

맙소사, 여기저기서

냉장고 마약을 차지하려고…

콴 영감…

이 소란을 유도해서 뭘 얻으려는 거지?

같은 백경대인 것 같으니

롯에게 전사체의 행방을…

팅

우… 웃기지 마.

그건 내 거야.

꿈도 꾸지 말라고. 그건 전부…

내 거라니까.

팅

응?

간만이다. 통화 가능해?

뭐야, 너? 담배 피우냐?

휙

예…옛? 그럴 리가요.

지금 제 전화 불법 대포 라인인데 어떻게 연락하신 거예요?

아하하… 나도 사정이 생겨 그걸 쓰고 있거든.

…이라고 얘기하면 안 되겠구나. 각설하고, 너희 백경대 노란 머리 여자애 있지?

아, 가야… 무슨 일로?

그 친구가 냉장고에서 중요한 걸 데리고 나가서.

혹시 가장 최근의 행적이라도 알 수 있을까?

최근이라면 엘가의 지휘본부… 였는데요.

거기가 어딘데?

슈슉

없어.

짚이는 곳은 다 가봤는데…

치잇! 도대체 어디로…

팅

아, 그래! 공자랑 통화됐어? 어디래?

지금 공자 님 행방보다 더 급한 사정이…

패왕 패거리가 자기들 물건 내놓으라고 우리 아지트를…

슈슈슉

퍼 버 벅

!

……

세 양반… 이제 오셨구먼.

츠즈즈즈

……

이게 콴이 말한 두 세력의 충돌…?

싸움판은… 예상보다 훨씬 작았네.

결국 큰 맥락에서 보면 예언은 전부

들어맞는다는 거…

터엉

콰과광

두 세력의 충돌 이후

쩌어어억

등장하게 되는 8우주 마왕…

키에에에에

그 마왕의 목을 내가 치게 될 거란 말이지?

ㄱ, ㄴ, ㄷ, ㄹ…

그래, 너희 넷
공자의 제자들…

이를 어쩐다?
냉장고는 너희 선생이
가져갔는데.

뭐? 너희가
우리 스승님을
어떻게 알아?

우리랑 같이
지낸다니까. 심지어
친해.

아, 못 믿겠거든
읽어보시라고.

슥

자신감이
넘치네.

엉뚱한
수작은…

ㅊ
ㅈ
ㅈ

……

사실이다.

응?

분명히…

아니, 왜 스승님이
블랭크들과…

이거…
난처한걸.

패왕 밑에서
온갖 나쁜 심부름을
하는 친구들이

그래도
스승에 대한 염두는
있는 낯이네.

아니면 스승이
두렵든가…

닥쳐!

이런 건 어때?

너희나 우리나
물리력 행사로

공자에게서
물건을 되찾는 건
쉽지 않아.

하지만 우리가
서로 돕는다면…

꿈도 꾸지 마!
감히 스승님을…

아니, 이 친구야,
누가 공자를 치겠대?
잠시 스승의 시선을
붙잡아만 줘.

나머진 우리가
알아서 할 테니까. 괜히
우리끼리 자멸하는 건
막자는 거야.

분명한 건
공자가 마약을
노리진 않을
테니

냉장고를 되찾은
이후엔 걱정할 필요도
없지. 어때?

어때라니?
냉장고는 우리
물건인데 왜 우리가
너희를 위해
스승님을…?

어허!
너희 물건이라니?
기억을 읽어놓고도
우리가 먼저 차지한 걸
모르겠어?

그리고
너희가 훔쳐 간다고
너희 게 돼? 전부
패왕 거지.

행성을 하나
사고도 남을 양이 있으면
뭐 하냐고? 너희가 목숨
걸고 가져가면

너희한테
한 푼이라도 더
떨어지냐고?
응?

……

패왕한테
목숨을 건 대가가
뭔데?

너희 노후는
누가 챙겨주는데?
패왕이?

하지만
우릴 돕는다면
우리 몫의 30%를
나눠줄게.

그 정도면
대륙 하나는 살 수
있을걸·응?

......

뭐야,
왜 대꾸를 못 해?
저 개소리를 가만히
듣고 있겠다고?

......

너희랑 잠시…
이야길 나눴으면
좋겠어.

뭐…
그러던가…

설마…

전부터 생각해오던
점도 있고… 나 진지해.

잠시 시간을 갖자고.
다른 데 가지 말고 여기들
계셔.

슈슈슉

얼마든지.

30%라니?
너 왜 우리 동의도
없이…

냉장고 찾는 게
급선무야.

정말
저것들한테
그만큼이나
내줄 거냐?

미쳤어?
30%면 대륙 하나를
살 수 있는데…

놈들을 이용해
우리 물건을 되찾고

놈들을 이용해
공자까지 치자!

……

여전히 명랑하구나.

저 아이를 내 손으로 다시 봉인해야 하다니…

기분 참…

쳇! 내겐 전사체 컨트롤 능력은 없으니…

어쩔 수 없지. 헬맨들의 시선에 걸리지 않으려면…

근데… 냉장고가 이곳에 있는 게 안전할까?

이 자리엔 날파리들이 꾸준히 들러붙고 있어.

심지어 지금은 외행성 놈들까지 넘봐.

결국 저 아이가 봉인에서 풀려나는 일이 반복될 거야.

콴이 냉장고를 이 자리로 옮겼던 이유에는

분명히 내 안전도 포함돼 있다고 했어. 근데 이게 뭐야?

……

！

이 물건은 좀 더 안전한 곳으로 옮겨 져야 해.

177

아… 감사합니다.

예, 그럼 다시 연락드리죠.

스승님!

그래, 너희 둘… 웬일이냐?

긴히 드릴 말씀이 있어서…

음? 얘기해봐.

직접 찾아뵙고 여쭤야 할 것 같아서…

불편하지 않으시면…

이 녀석들 모두 패왕의 수하… 뭐, 잘됐네.

……

그래, 여기 좌표 열어 줄 테니까 어서 와.

역시…

슈 슈 슈

아이고, 이놈들아. 잘 지내고 있는 거냐?

네, 스승님…

아, 여기쯤 앉아서 말씀드릴까요?

그러지 뭐.

무슨 일인데?
속 시원히
털어놔봐.

……

다름이 아니라
최근에 스승님이
블랭크들과…

……

슈슈슈

ㄷㄷㄷ

!

슈슈

무… 무슨
일인가요?

슈슈

저희가 쫓을까요?

……

……

아니야.
이건 내 손으로
직접 해야 돼.

……

자, 여기 앉아.
그간 무슨 일이
있었는지
얘기해줄게.

예…

드드드

후우우…

……

착

착

냉장고는
되찾았고…

이제 두 시체를 미끼로
공자를…!

......

......

......

응?

왜 대답들이
없어?

용서하세요, 스승님.
방금 냉장고… 저희가
꾸민 일이에요.

......

그래? 그럼
냉장고 찾는 일이 덜
번거롭겠구나.

어쩐지 타이밍이…
이놈들 왜 내 앞에서 복면도
벗지 않나 했다.

죄송합니다, 스승님.

저희가 돈에
눈이 멀어서 넘지
말아야 할 선을…

......

아까 냉장고 안
박스들로 내 전사체를
다시 봉인하면서

마치 내 안의 위험한 기질들을 처박아두는 기분이 들었어.

실지로 처음 전사체 봉인 이후로 날이 서 있던 내 성격에도 많은 변화가 있었지.

여전히 날 건드리고 자극하는 일들이 빈번하지만 의연해졌지.

그래, 내 제자들이 스스로 꾸민 일은 아닐 거야.

네가 말한 '저희'에는 너희 말고 또 누가 있는 거냐?

패왕의 수하로 들어간 나머지 둘과 스승님과 함께 지낸다는 블랭크 셋… 입니다.

그러지 마시고 절 읽으세요.

그럼 그렇지. 됐다. 솔직하게 얘기해줘서 고마워.

그래, 잘못을 반성하고 용서를 비는 너희들이 있어 기쁘다.

내가 이 우주에서 내 제자들 말고 누굴 믿을 수 있겠니?

생계 앞에서는 나도 많이 흔들려.

너희에게 바라는 건 하나야. 다치는 일만 없으면 돼.

무슨 일이야? 비상 호출이라니?

무슨 일은? 먹고사는 문제지.

블랭크 형제들 다들 모인 거야?

시답지 않은 소리면 네 엉덩이에 불이 날 거야.

형제들의 도움이 필요해!

공자를 없앨 거야!

응? 왜? 예쁘고 몸매도 훌륭한데?

우리랑 별 마찰 없이 잘 지내잖아!

잘 지내긴! 아예 우리랑 상종을 안 하고 있는 거 몰라?

맞아! 내 데이트 신청도 거절했어. 정말 나쁜 년이야!

뭔…

시끌벅적

왁자지껄

자, 닥치고 기억해봐!

우리가 처음 그녀를 받아준 이유가 뭐야?

골반이 훌륭해서!

싱글에다 얼굴도 예쁘고!

아니야! 아니야! 두려워서야!

안 받아줬다는 이유로 우리랑 틀어지면 정말 골치 아플 거니까!

친구로 두면 안전해지는 거잖아!

창피한 기억 들추지 마!

그래, 분명히 그 이유였어!

무서운 적을 든든한 친구로 만들었다고 꽤나 좋아했지.

하지만 같은 구역에 있을 뿐 우리와는 전혀 어울리지 않아.

우릴 친구가 아니라 헬맨들로부터 피할 방패 정도로만 쓰고 있는 거라고.

그런 그녀가 이제 본색을 드러내기 시작했어.

형제들이 잘 알겠지만 난 오로지 형제들의 안정과 복지를 위해 일해왔어.

그런 내 진정성의 결정판이 바로 이 사물 큉.

이 안에 뭐가 들어 있냐면…

그럼…

냉장고를 패왕에게 넘기신다고요?

응, 그게 외부 강탈로부터 가장 안전하다고 판단돼서…

아…

가려워. 또 어떤 놈들이 내 얘길…

그럼 당연히 공자를 쳐야지!

이 우주에 그런 훌륭한 골반들은 많아!

그래, 공자가 넘어서는 안 될 선을 넘었어!

동료 의식이 없는 년은 적일 뿐이야!

공자 쳐!

공자 쳐!

공자 쳐!

그래, 제아무리 공자라 한들 별수 있어?

그동안 이 블랭크 놈들을 한데 모을 수 있는 이슈가 없었을 뿐이야.

준비하고 달려드는 이 퀭 떼거지를 혼자서 무슨 수로 감당할 수 있겠어?

예? 무슨…

용서는 하지만 날 속인 대가는 치러야지.

너희들 악당 라이프에 적절한 벌이야. 내가 냉장고를 되찾는 동안

의미 있는 착한 일 하나씩 해서 오늘 중으로 내게 보고해.

물론 내가 들어 만족할 만한 수준이 돼야 해.

춥다. 옷 좀 갈아입어야겠어. 또 보자고.

슉슉

……

……

우선 이 상황을 둘에게도 알리자.

응!

연결이 끊겨 있어.

연결이…? 설마 무슨 일은…

혹시… 지금 사물 큥 내부에 있나?

아, 그럴지도. 아무렴 블랭크들이 우릴 상대로…

근데 스승님이 만족하실 만한 착한 일이 뭐가 있지?

난감하게 느껴지는 걸 보니 분명 벌은 벌이네.

뭐?
뭐라는 거야?

기다리고
있다고?

......

무슨 소리야?
뭘 기다린다는
거야?

펑

뭐야, 건방지게…
똥폼 잡고 있어.

스르륵

슈슈

이 사막에서
뭘 찾아 다녀?

제자리에
박혀 있을
것이지…

크읍!냄새…

토했냐?

응?

이건…

하긴…

죽는 마당에
약쟁이의 선택이
별수 있겠어?

넌 우리 스승님 덕에
이 사막에서 미라 되는 거
면한 줄 알아.

가자,
이 쓰레기야! 너…
집 같은 건 있냐?

공자 계집이다!
뭔가 냄새를 맡은
거야!

모두 준비됐어?

냉장고는 중첩
공간으로 덮어놨어.

제아무리
공자라 한들…

덫은 완성,
오케이!

모두
숨어 있다가 공자가
여기로 넘어오는
순간

중첩 공간 안에다
쾅 기술을 쏟아부어!

오케이!

이 계집애!
너도 오늘로 끝이다.
시신의 흔적이
남는다면

헬맨들한테
제값 받고 넘겨주지.

팅

여어, 공자가 날 찾네.
그래, 웬일이야?

얘기했지,
냉장고에서
손 떼라고.

잡소리로
흘려들은 거냐?

그래, 그건
그럴 수 있다고 쳐.

근데…
너희 말이야.

콱

왜 내
제자들에게까지
수작질인데?

제정신이야?

이런! 스승님
카리스마에 눌려서 모두
술술 불었나 보군.

근데 수작이라니?
그건 명백한 동업이야.

사리 판단 능력이
있는 제자들이 스승을
꾀기로 합의한
거라고.

우린 거기에
마지못해 동의한
것뿐이고.

……

!

훽

툭

타

워어… 가차없구먼.

과연 듣던 대로네.

스승을 속였다고 제자들 목을 바로 날려 버리다니…

네 주변으로 사람들이 안 모이는 이유를 알겠어.

이런! 바로 그렇게 읽어 버리면…

ㄷ ㄹ 륵

그래, 이 계집애야! 어디 한번 제대로 붙어 보자.

ㅈ ㅈ ㅈ

뭐 서로의 입장이 명료해지는 거니…

이리 넘어올 배짱이나 있냐?

뭐야, 무슨 옷을 그렇게 찾아?

아니…

네 장례식 수의?

전투복.

......

어쭈! 태도가
왜 이래?

이게 기껏
집까지 바래다줬더니
감사한 줄을 몰라.

아, 됐어!
한 가지는 기억해!

넌 백발마녀
공자 님 덕에 목숨
구한 거야.

뭐 어차피
만날 일 없으니…

......

응?

뭐야,
문짝이 왜…?

규…규오!

이잇!
개자식이…

받아! 받아!
전화받아!

팅

뭐야, 너!

엄마랑 동생
어디로 데려간 건데?

여어, 친구야. 마침
전화하려고 했었는데,
이심전심이네.

정확히는 동생들이지.

너희 막내
성깔은 여전하더라.

털썩

왜…
도대체 나한테
왜 이러는
건데?

내가 너한테
뭘 얼마나 잘못했다고
이러는 거야?

이유야 명백하지.
너 때문에 패왕님이
내게서 시선을
떼셨거든.

여기 와 있는 동안
그분 눈에 들려고 정말
많이 노력했었단
말이지.

내가 왜 너 같은
약쟁이 때문에 그분께
낙인이 찍혀야
하는 건데?

그게 네가
할 소리야? 내가
누구 땜에 약쟁이가
됐는데?

199

그거야 네 의지가 약한 탓이지.

어딨어? 내 가족 어디로 빼돌렸냐고!

뭐라도 해서 네 빚을 갚겠다고 하더라고.

어쩌겠냐? 도와야지. 일할 수 있게 해드렸다.

여기 고용계약서.

팅

!

매매계약… 이건 노예시장…

평생 직장이지. 내가 베프 가족한테 그 정도는 해준다.

퍽

퍽

퍽 퍽

어이쿠, 뭐 이런 감사 인사까지…

퍽

퍽

퍽 퍽

안 돼. 더 이상은…

더 이상 이대로는 안 되겠어.

역시…

놉, 자네가 해낼 줄 알았어.

아, 아니에요. 제가 설득한 게 아니라

그 쿵 양반이 어떤 사연이 있었는지 갑자기 동의해준 것뿐인걸요.

어찌 됐든 자네가 시도했기 때문에 나온 결과지. 수고했어.

아, 방금 수상하고도 답답한 소식을 들었네.

예? 무슨…?

우리 채권자인 엘가에 대한 이야기야.

내 거래처 귀족이 엘가의 담당 매니저에게

빚 갚을 일자를 미루려고 연락을 했는데

라인이 블랙 이더래. 사전 양해가 없으면 고스란히 늘어날 이자…

다급했지. 근데 매니저 개인 라인도 검게 뜨더란 거야.

통신 상태는 정상이라 당황했지. 답답한 마음에 채무 상환 일자가 비슷한

다른 귀족들한테 처지를 설명했더니, 그들 담당들 라인도 전부…

검은 라인은 계정 주인이 사망했다는 뜻인데…

다음은 답답한 이야기.

고산가와 엘가 사이에 치명적인 무력 충돌이 있었다는 소문이야.

예에에? 엘가가 압도적으로 불리하지 않나요?

……

지이익

응?

지이익

!

……

뭐야, 거기
괜찮아?

아, 괜찮지 않으면
얘기하겠지.

자기 위치에
집중해.

어차피
우리가 서 있는
자리 외엔 전부

중첩 공간 결계로
꽉 차 있어.

여기 어디든
몸만 들여다 놔봐.

집중포화로
공자 널 완전히
끝장내주마!

!

촷

팅

지로, 간만이네. 어디냐? 내 동료들이 널 찾고 있던데…

살인 사건에 연루됐다며?

틱

형사님, 규오 놈이 제 가족을 노예시장에… 이걸 좀…

……

도… 도와주세요.

저희 가족은 아무 잘못 없어요! 저 때문에…

이건 외행성 조직이구나. 우리가 건드릴 수 있는 문제가 아니네.

우주 패트롤들이 할 일이야.

제발! 제발… 가족을 찾게 도와주세요!

그렇게만 해주신다면 마약 혐의로 절 잡아 가두셔도 좋습니다.

……

네 가족 일과 네가 잡혀가는 건

별개의 문제야.

풉!

申

우주 패트롤 측에 사건 접수는 해놓겠다만

그들이 이 문제를 해결할 의지가 있을 것 같진 않구나.

너와 네 가족에겐 유감이지만 그들에게 쌓인 사건 규모와 업무량을 감안한다면…

그렇다고 네가 그들이 움직일 만큼 충분한 보상을 할 수 있는 처지도 아니고…

이런 류의 실종자들은 8우주를 가득 채울 만큼 많거든.

솔직히 돈만 있다면야 이 조직을 찾아가 계약서대로

계약금의 100배를 위약금으로 내는 게 사람 안 다치는 유일한 방법이지.

아, 미안! 형사라는 놈이 이런 한심한 소릴…

규오는 우리도 찾고 있으니까 행방을 알게 되면 알려줘.

그리고 너 이번에 잡히면 오랫동안 밖에 못 나와. 무슨 의미인지 알지? 끊을게.

오호!

……

그럼 나도 이만!

……

계약금의 100배… 그런 돈이라면 은행 정도는 털어야…

들키지 않게 훔친다 해도 누가 범인인지는 바로 드러나.

……

내가 버는 건 많은 것도 아니야.

고산가의…

…백경대!

아무래도
내 판단이 틀린 것
같아.

패왕에게
저 냉장고를 넘기면
그 두 녀석도 결국

이런 꼴이 될 거야.
내 제자들이 흔들릴
정도의 가치…

물건을 욕심냈다는
사실을 패왕이 알게 되면

제일 먼저 가장 큰
위협을 없애려고 하겠지.
그러니…

좋아, 주인을
얌전히 기다리고
있었네.

롯?

어?

스승님…
여긴 무슨
일로…?

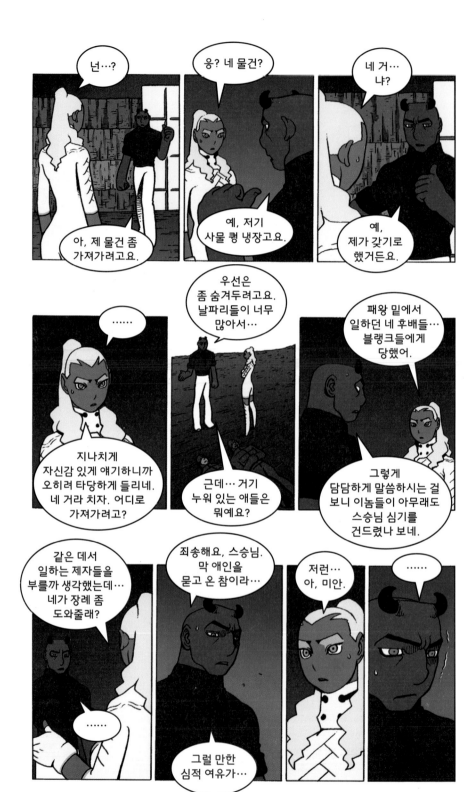

크흑…

이런…

토닥
토닥

고산…
이 개자식을…

……

미안한데
무슨 일이 있었는지
잠시 읽어봐도
되겠니?

프라이버시는
피해서…

츠즈즈

큰 소동이
있었군.

네가 냉장고를
가지려는
이유는…
복수냐?

예. 고산…
그 귀족 놈에게 반드시
복수할 겁니다.

놈이 날 내친 걸
자기 인생에서
가장 후회스러운 일로
만들 거예요.

날 소모품
취급한 것도 모자라…
…결코 용서할 수
없어요.

시간이 얼마가
걸리든…

네 기억에서 읽힌
엘 백작이란 자와 비슷한
말을 하는구나.

……

후우우우…

이 무슨 숙명인지…

결국은 우릴 두려워하는 자들이 마련해놓은 무대에서

그것들을 대신해 쿵들끼리 서로 죽고 죽일 뿐이야.

고산과 엘… 두 귀족 놈이 벌이는 이권 다툼에 돈 몇 푼 받고 우리끼리 피를 흘리고 있는 거라고.

아, 그만 좀 하세요! 스승님은 늘 그런 식이야. 그게 어디 우리 쿵들 뿐입니까?

없으면 누구나 가진 놈의 총알받이죠.

제 분노를 그런 식으로 흐리지 마시라고요.

으응…?

갈게요!

야, 인마!

힘을 가지면 뭐 합니까? 스승님처럼 고매한 척해봐야 별수 있어요?

세상과 타협 없이 그렇게 답답하게 지내면서… 일단 밥은 해결해야 할 것 아니냐고요?

뭐야, 이 자식! 난 위로해주려고…

딱히 위로 안 되거든요.

받아주는 데 없으면 연락하세요. 스승님 숟가락 작으니까 책임질게요.

......

슈슉

어딜
다녀와요?

당신 말 덕분에
모압에 있던 내 금고
잘 숨겨두고 왔어.

부탁이 있어요.
백작님께 보여드린
현장 기억…

제게도 빠짐없이
보여주실 수 있나요?

......

그래, 당분간
롯 그 녀석에게
맡겨두는 게
훨씬 더
안전하겠어.

패왕 라인과
접점이 있긴 하지만
그건 내가 주의를 주면
될 일이고…

이제 문제는
냉장고에 대한 패왕의
관심을 어떻게
떼놓느냐…

슈슈슉

부르셨…

어?

ㅈ
ㅈ
ㅈ
ㅈ

!

뭐야,
롯 이 자식이
냉장고를…

스승님,
냉장고…

이동 중에
잃어버렸어.

예? 방금
여기서…

응, 방금 여기서
잃어버렸어.

……

방금
말한 대로야.
무슨 뜻인지…
알지?

……

잃어
버렸다고.

아, 예…
명심하겠습니다.

응, 그건 그렇고
이놈들 장례 말인데…

예, 패왕께
얘기해서 절차를
밟겠습니다.

아, 그래?
그런 방법이
있었구나.

끄응…스승님은
늘 버릇 없는 롯에겐
관대하셔.

롯…
이 자식이 냉장고를
가져갔단 말이지.

......

아무리
달동네라지만 주소가
이렇게 엉켜
있어서야…

이 집 아니면
저 집인데…

슉

!

어?
그놈이다!

젠장! 그때 그
얼굴 큰 쿵 딜러의
연락처…

그 인간이라면
백경대원이 되는
방법을 알 텐데…

내 기억 읽기
능력으로는

그 인간
번호 흔적을
못 찾겠어.

빠박

어이, 눈 떠!
일어나!

!

큭! 뭐야…

탱

아서라.
쿵 기술 쓰는 순간,
감전될 줄
알아.

두 사람과
전화 연결이
끊긴 뒤

널 찾을 때까지
시간이 좀 걸렸네.

잡으면 살인죄로 바로 경찰에 넘기려고 했는데…

뭐야, 너?

죽은 친구에게나 내게나 별다른 도움이 안 되겠더라고.

해서…

넌 죄값을 치르고 난 친구 잃은 슬픔을 위로받는 방법을 선택했지.

그런데 너… 게오르그 필터로 보니 파장이 많이 망가져 있어.

만족할 만한 흥정은 안 될 것 같아.

흥정? 무슨 흥정?

그…그건 정당방위였어. 먼저 치지 않았다면 죽었을 거라고!

뭐… 다들 그렇지.

이제 곧 널 데리러 올 거야.

누가?

쾽 잡아다 파는 사보이 쾽…

우웅

마침 오셨군.

숙

저 녀석인가? 어디…

……

장난해?

꽉

예? 말씀드렸는데. 약간의 하자가 있다고…

약간? 이게 누굴 호구로 알아?

떡

현직 쾽 딜러가 사보이에게 쾽 팔아 치운다고 소문낼까?

뭐? 쾽 딜러?

우웅

처음이자 마지막 경고야. 장난치지 마!

당신 쾽 딜러야? 나 좀 도와줘!

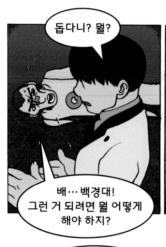

돕다니? 뭘?

배… 백경대! 그런 거 되려면 뭘 어떻게 해야 하지?

후으으으…

어쩌다 그 이름이 너 같은 애들 입에까지 오르내리게 됐는지…

응? 잘 알지? 좀 도와줘! 도와만 주면…

도와만 주면…? 뒤통수치겠다고?

그 흔한 불상사가 생기지 않도록 차선책을 택해보자.

사보이 중개 없이 널 군수업체에다 실험용 모르모트로 직접 팔아볼게.

218

......

아... 아이만큼은 살려주세요.

난 말이야.

분노 조절 장애가 있어.

그러니까 너희가 알아서들 감수해.

츠이잉

즈즈즈

뭐야, 이건?

네 전사체.

누구냐, 넌?

평의회 공무원. 분노 조절 장애를 치료하러 다니고 있어.

왜냐하면 더 이상 퀑이 아니거든.

이런 크기의 오류는 퀑이 아닌 일반인들에게도 있어.

분노 조절 장애? 그거 웃기는 말인 거 알아?

너보다 센 놈한테도 조절이 안 되니? 그럼 인정해줄게.

자기보다 약한 사람들에게만 무자비한 나약한 찌질이.

그게 분노 조절 장애의 본질이야.

핵

뭐… 뭐야?

나한테 무슨 짓을 한 거야?

일반인 레벨의 물리적 오류를 심었지.

악성종양으로 물리화될 거야. 남은 시간 참회하면서 살아.

뭐야? 네가 뭔데 날 심판하는 것처럼 이야기해?

8우주 평의회 감찰국 소속, 퀑들의 물리적 오류의 크기를 조절해

너 같은 살인마들의 학살로 발생할 8우주 인과율의 어긋남을 예방하고 있지.

너희 중엔 우릴 헬맨이라고 부르는 놈들도 있어.

8우주 평의회 감찰국,
특무 제3과

팀장님!

팀장님!

응.

여기… 게오르그
수치 좀 보세요.

팅

어디서
잡힌 신호야?

행성 모압과…

같은
종류 같은데…
두 군데에서나
잡혔네.

보자…

이 정도
진폭이라면…

……

…흑체다.
그럼…

맙소사…
말도 안 돼.

놀랐지?

저렇게까지 증폭될 줄은…

저거… 모크족 애들 실험 때 수준 아니야?

아니, 걔들 거보다 더 큰 거 같은데?

에이, 그럴 리가. 꼬마라서 상대적으로 더 커 보이는 것 뿐이라고.

저런 꼬마애가 모크족 애들이나 견뎌내는 증폭을?

종의 특성상 그럴 수는 없어.

이거 근질근질한데?

뭐가?

나랑 내기하자.

난 저 꼬마애 더 버틴다에 걸게.

좋아. 난 이게 한계다에. 모크족보다 셀 수는 없어. 뭘 걸라고?

1주일간 거한 저녁에 소개팅!

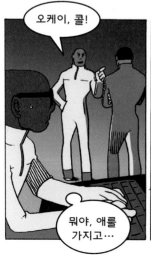

오케이, 콜!

뭐야, 애를 가지고…

게오르그 증폭 출력 더 올려!

예? 그… 그건 위험할 텐데요. 이미 수치상으로는…

위험? 그건 우리가 판단해. 명령이야. 출력 높여.

……

223

난 명령대로
할 뿐이야.

책임 없다고!

!

뭐야, 색이 변하고 있어.
설마 타버리는 거냐?

그럼…

공자네.

유일하게 생존한
게오르그 증폭 실험체.

예?

죄송합니다.
다시 한번 사과드릴게요.

사정이 생겨
패왕에게 넘기려던 거…
취소해야겠어요.

정말 죄송합니다.

저… 저기 공자 님.
이유라도 확실하게
알려주세요.

패왕에게
넘겼다간 제자들이
위험해져서…

제가 경솔했습니다.
용서하세요.

그… 그럼 냉장고는
어디로…?

당장은…
말씀드릴 수가
없네요.

제 기억을
읽어보셨으니
제 입장을 잘
아시잖아요.

혹시 패왕보다
안전한 라인으로
옮기는 거라면…

태왕 형제들에게
제 의도나 계획이 결국은
알려지게 될 텐데요.

그렇게 되면
방어책도 없이 제 목숨
까지 위험해지는
터라…

저, 그럼 혹시…

안전해지실
때까지 제가 당분간
놉 님의 경호를 맡아
드리면 어떨까요?

부담이 없도록
경호 비용은 최대한
양보하겠습니다.

예?
그… 그게…

응!

틀림없는 공자의 흔적이야.

다시 또 꽁꽁 숨어버리기 전에 놓치지 마.

옛썰!

아, 신호가 두 군데에서나 잡혔구나.

이거 꽤 수고가…

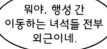

뭐야, 행성 간 이동하는 녀석들 전부 외근이네.

다들 어디로 나가 있는 거야?

모두 특무 제1과 팀 지원 나갔죠.

8우주로 넘어온 외우주 떼거리들 추적 중인…

아, 그렇지. 비상사태…

그럼 순간이동 능력 있는 누군가가 맡으면 되겠네.

얘 순간이동 되잖아요.

예? 순간이동 능력 가지고 행성 간 이동하려면 가속기 써야 되잖아요.

전 주말 내내 여친이랑 이런저런그런 것을 하여 체력 고갈입니다.

하여간 몸 엄청 사려.

아, 선배! 내 몸 내가 지켜야죠. 가속기 썼다가

뇌가 타버리거나 심장마비 오면 책임질 거요?

아, 시끄러! 이것들아! 하여간 너흰 쓸데가 없어.

그럼 본부에 남아 있는 누구한테…

쳇! 자기도 순간이동 능력 있으면서 꼭 우리들한테만 떠넘기려고 해.

들려요 들려…

아니, 이놈들이 지금 뭘 하고 있는 거야?

오픈 마이크! 아! 아!

누가 너희더러 해결하래? 상대는 공자야.

외근 나가 있는 최고들 중에 하나를 불러.

누가 좋을까요?

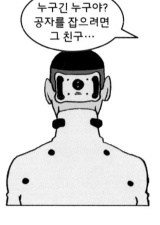

누구긴 누구야? 공자를 잡으려면 그 친구…

샵!

녀석에게 생포가 어려우면 시체라도 들고 오라고 해.

11권 마침.

DENMA 11

© 양영순, 2019

초판 1쇄 발행일 2019년 7월 26일
초판 2쇄 발행일 2023년 12월 29일

지은이   양영순
채색   홍승희
펴낸이   정은영

펴낸곳   ㈜자음과모음
출판등록 2001년 11월 28일 제2001-000259호
주소   10881 경기도 파주시 회동길 325-20
전화   편집부 (02)324-2347, 경영지원부 (02)325-6047
팩스   편집부 (02)324-2348, 경영지원부 (02)2648-1311
E-mail   neofiction@jamobook.com

ISBN 979-11-5740-327-1 (04810)
      979-11-5740-100-0 (set)

이 책에 실린 내용은 2015년 12월 12일부터 2016년 5월 23일까지 네이버웹툰을 통해 연재됐습니다.